무주공 비화
武州公秘話

다니자키 준이치로
류정훈 옮김

무주공 비화
武州公秘話

65세 무렵의 다니자키 준이치로(1951)

차례

서문

우에스기 겐신(上杉謙信)[1]은 항상 소동(少童)을 사랑하였다고 전한다. 또한 이르기를, 후쿠시마 마사노리(福島正則)[2]는 일찍이 단수(斷袖)[3]를 하는 버릇이 있었는데, 나이가 들면서 점점 심해져 끝내 가문을 잃고 몸도 망쳤다고 한다. 하지만 어찌 겐신과 마사노리만 그러했겠는가.

천하의 이른바 영웅호걸이라는 자들의 성생활이라 하면 전하

---

1 전국 시대의 무장. 겐신은 법명(法名)이다. 호조 우지야스(北条氏康)와 싸운 오다와라(小田原) 전투, 다케다 신겐(武田信玄)과 맞선 가와나카지마(川中島) 전투 등을 거쳐 오다 노부나가(織田信長)와 대립했지만, 도중에 병사하였다.

2 전국 시대의 무장. 어릴 적부터 도요토미 히데요시(豊臣秀吉)를 따라 각지에서 전투를 벌였다. 시즈가다케(賤ヶ岳) 전투에서는 칠본창(七本槍)의 필두로 활약하였다. 하지만 세키가하라(関ヶ原) 전투에서는 도쿠가와 쪽에 속하였으며 이후 히로시마 번주가 되었다. 이후 성을 과도하게 수축(修築)한 사실이 알려져 작은 영지로 좌천되기도 하였다.

3 한나라 애제(哀帝)가 총애하던 소동과 낮잠을 자다가 깨어났을 때, 소동이 자신의 소맷자락을 벤 채 잠들어 있자 깨지 않도록 그 옷자락을 잘라 버렸다는 고사에서 유래한 말이다. 총애가 깊은 것, 혹은 남색에 대한 은유로 쓰인다.

고 기록할 만한 일화와 소문이 많은데, 남색(男色)이나 기학(嗜虐) 취향은 무인(武人)의 습성이 그렇게 만든 것이니 심히 탓할 바도 아니다.

본편에서 전하는 무주공(武州公)은 일찍이 전국 시대에 태어나 지모를 겸비하고 무위(武威)를 널리 떨쳤으니 참으로 일대의 영웅이었는데, 시중에 떠도는 이야기에 따르면 공도 피학성적(被虐性的) 변태 성욕자였다고 한다. 아, 과연 이것이 진실일까. 나로서는 아직 그 말의 진위를 알 수 없지만 이는 매우 기이하다. 그 사람을 어찌 가련하게 여기지 않을 수 있으랴. 하지만 정사에서 이를 전하지 않으니 세상 사람들도 알지 못한다.

나는 최근에 기류(桐生) 집안이 소장한 비록(秘錄)을 읽고 공의 사람됨을 남몰래 알게 되었다. 공의 가슴속에 있는 매우 절박하고 깊은 시름을 깨닫고는 오래도록 탄식하였다. 왕수인(王守仁)[4]이 이르기를, "산속의 적은 물리치기 쉬우나 마음속의 적은 없애기 어렵다."라고 하였다. 하지만 공의 무위는 마치 포효하는 범과 같았으니 전쟁을 그치게 한 공로만큼은 그 누가 능가할 수 있겠는가. 내가 느낀 바에 따라 패사 소설(稗史小說)의 형태를 빌려 공의 성생활에 관한 이야기를 부족하나마 그대로 서술하여 『무주공 비화(武州公 秘話)』라는 이름으로 펴내니, 이를 읽는 자는 그저 황당무계한 기사(記事)로 여겨 주면 다행이겠다.

쇼와(昭和) 10년 을미년 초가을,
섭양어부(摂陽漁夫)가 기록하다.

---

4   중국 명대의 사상가이자 정치가로 자(字)는 백안(伯安), 호(號)는 양명(陽明)이다. 보통 왕양명(王陽明)이라고 불리며 양명학을 창시하여 유학의 지평을 넓혔다고 평가받는다.

무주공 비화 권 1

묘카구니가 『밤에 보신 꿈』을 써서 남긴 일과 도아미의 수기

　　『밤에 보신 꿈(見し夜の夢)』의 저자인 묘카구니(妙覚尼)라는 비구니가 어떤 내력의 사람이며 언제 이 책을 썼는지 자세히 알 수는 없지만, 전후의 문장으로 추측하건대 이 여인이 무주공(武州公)의 집안일을 담당하던 시녀라는 점은 분명하다. 무주공 집안이 몰락한 뒤로는 삭발하고 비구니가 되어 모처의 "산골 마을에 초가를 짓고 밤낮으로 염불을 올리는 일에만 전념했다."라고 스스로 기록하고 있다. 즉, 이 수기는 노후에 세상사를 떠올리며 쓴 글이라 할 수 있는데 "염불 외에는 딱히 할 것도 없는" 비구니가 어떤 목적으로 이 글을 쓰게 되었을까. 비구니 자신이 말한 바에 따르면 "무주공의 행적을 생각하면 세상에는 선인도 악인도 없고, 호걸이나 범인도 없다. 현명한 사람이라도 때로는 어리석고, 용맹한 사람도 때로는 나약하며, 어제 전쟁터에서 수많은 적을 무찔렀는가 하면 오늘은 집에 머무르면서 옥졸에게 매를 맞는다.

꽃다운 얼굴과 버드나무 같은 허리를 지닌 부녀자도 나찰이나 야차가 되고, 산을 뽑고 세상을 덮을 만한 기상의 용사도 어느새 아귀나 축생으로 변한다. 필경 무주공은 인과와 윤회의 이치를 한몸에 구현해 중생의 미혹을 깨우치기 위해 잠시 이 세상에 나타나신 부처님이나 보살이 아닐까⋯⋯"라고. 이렇게 감상을 말한 뒤, 결국 "무주공은 귀한 몸으로 지옥의 고난을 견디시고 그 공덕으로 우리 범인들에게 보리(菩提)의 마음을 내려 주신 감사한 분이다. 그래서 내가 공의 행적을 적어 남기는 이유도 하나는 추선공양(追善供養)을 위함이고, 하나는 보은사덕(報恩謝德)을 위함이지 다른 뜻이 있는 것은 아니다. 만약 공의 모습을 보고 비웃는 자가 있다면 그야말로 응당 벌을 받을 테니 뜻이 있는 자라면 그저 감사한 마음을 지녀야 할 것이다."라고 적고 있다. 하지만 조금 억지스러운 논리라 필자가 과연 본심으로 그렇게까지 믿었는지는 의심스럽다. 추측하건대 이 비구니도 고독한 생활에서 오는 생리적 불만이 있어 그 답답함을 달래기 위해 이런 것을 쓰지 않았을까.

『도아미 이야기(道阿弥話)』의 필자는 그 동기를 전혀 기록하지 않았지만, 이것은 분명 "무서운 무주공의 행적"과 그 사람을 모신 특이한 경험이 오래도록 잊히지 않고 생각하면 생각할수록 이상한 기분이 들어서 어쩔 수 없이 적은 것임에 틀림없다. 묘카쿠니가 무주공은 부처와 보살의 화신이며 감사할 따름이라는 이상한 해석을 하는 데에 반해 도아미는 꽤 분명하게 무주공의 심리를 파악한 듯하며 이에 따라 무주공의 신임도 상당히 얻었던 것으로 여겨진다. 왜

妙覚尼像

냐하면 공은 때때로 이 도아미에게 내부의 고뇌를 털어놓고, 소년 시절부터 이어진 자기 성욕의 역사를 말하며 동정과 이해를 구하고 있기 때문이다. 생각하건대 도아미는 다소 방관하는 성향을 지닌 남자로, 원래부터 어느 정도 무주공과 비슷한 경향을 지니고 있었거나 혹은 공의 환심을 사기 위해 특별히 그렇게 위장했거나, 아니면 위장하는 사이에 점차 공의 영향을 받아 정말로 그렇게 변했을 것이다. 어쨌든 이 남자가 공의 "비밀의 낙원"에서 훌륭한 반려자였으며 공에게 필수 불가결한 사람이었다는 점은 분명하다. 만일 이 남자가 없었다면 공의 성적 유희도 이상하게 발전하지는 않았을 터다. 그래서 공도 때로는 도아미의 존재를 저주하고 가끔은 그를 면박하거나 때리기도 했으며, 베어버릴 가치도 없다고 자결을 명한 적도 한두 번이 아니라고 한다. 공의 "유희"와 관계를 맺은 남자나 여자가 무사하게 수명을 다한 것은 드문 일인데, 도아미가 죽음을 면할 수 있었던 것은 대단한 행운이라 하지 않을 수 없다. 도아미야말로 죽임을 당할 가능성이 가장 높았고, 사실 그 위험에 직면한 횟수도 어느 누구보다 많았을 것이다. 그럼에도 불구하고 호랑이 굴에서 빠져나올 수 있었던 것은, 미움받는 한편 그만큼 아깝게도 여겨졌기 때문이며, 무엇보다 그에게는 재치와 지혜가 있었던 까닭이다.

道阿弥像

乃楽

一

무사시노카미 데루카쓰의 갑주와
쇼세쓰인의 그림

현재 기류(桐生) 집안에서 소장하고 있는 무사시노카미 데루카쓰(武蔵守輝勝)의 초상화를 보면 남만식 조끼에 소매는 검은색 실로 처리했으며 구사즈리(草摺)[5]가 붙은 갑옷을 입었고, 투구는 물소의 뿔처럼 거대하게 양옆으로 솟아 있다. 오른손에는 주홍색 깃발을 들었고 왼손은 엄지손가락을 칼집에 닿을 만큼 크게 벌려서 무릎 위에 올렸으며 다리는 모피 신발을 신은 채 양발을 서로 포개 앞으로 내고는 호랑이 가죽으로 만든 깔개 위에 앉아 있다. 만약 갑옷을 입지 않았다면 조금 더 몸집의 형태 따위를 알 수 있었겠지만 안타깝게도 이 복장으로는 그저 얼굴만 확인할 수 있다. 전국 시대 영웅의 초상화 중에는 이렇게 온몸을 갑옷으로 둘러싼 것이 종종 있다. 역사 도감 등에 자주 실리는 혼다 헤이하치로(本多平八郎)[2]의 초상화, 사카키바라 야스마사(榊

5   갑옷 몸통 아래에 늘어뜨려 다리를 가리는 도구.

原康政)³의 초상화 등도 모두 비슷한 것들인데 아주 위풍당당하고 위엄 있어 보이지만 동시에 어깨에 너무 힘이 들어가서 답답한 느낌도 든다.

역사상 데루카쓰가 죽은 것은 마흔세 살 때인데 이 초상화는 그보다 젊은 서른다섯에서 마흔쯤 되어 보인다. 용모의 인상은 볼이 크고 턱뼈가 사각으로 돌출되어 있지만 결코 추남은 아니며, 얼굴 비율에서 눈 코 입이 차지하는 비중이 커서 침착하고 영민한 호걸의 상으로 보인다. 그중에서도 특히 크게 부릅뜨고 전방을 응시하는 눈동자는 투구 앞부분과 닿을 듯 말 듯해 한층 더 근엄하고 날카롭게 빛난다. 그리고 양쪽 눈 사이 코 윗부분엔 코가 하나 더 있는 것처럼 살이 올라와 옆으로 굵은 주름을 만들고 있다. 그 외에 콧방울에서 양쪽 입 가장자리에 걸쳐서도 굵은 주름이 있는데 이게 무언가 젊은 사람을 깔보는 고약한 성미를 지닌 사람의 표정으로 보이며, 코아래와 턱끝에는 셀 수 있을 정도로 수염이 듬성듬성 있다.

하지만 이 얼굴에 한층 위용을 더하는 것은 의심의 여지없이 그 투구다. 앞서 말한 바와 같이 투구에는 물소의 뿔처럼 양쪽에 솟아오른 부분이 있는데 그 밖에도 앞쪽 장식

---

6 전국 시대의 무장 혼다 다다카쓰(本多忠勝)를 말한다. 혼다는 도쿠가와 이에야스(德川家康)의 부하로 전투에 뛰어나고 용맹하여 쉰 번이 넘는 전투에서 단 한 번도 상처를 입은 적이 없다는 일화로 유명하다. 도쿠가와 사천왕 중 한 명.

7 전국 시대의 무장으로 도쿠가와 이에야스의 부하였으며 전투에서 큰 공을 세워 훗날 정치에도 적극적으로 관여하였다. 혼다와 같이 도쿠가와 사천왕 중 한 명.

을 다는 곳에는 오니(鬼)를 밟아 누르는 제석천(帝釈天) 장식이 붙어 있다. 다음으로 그 갑옷의 일부가 남만식이라는 점도 왠지 기묘한 느낌을 가지게 한다. 나는 이 방면에 관해서는 자세히 모르지만, 남만식 갑옷이라는 것은 덴몬(天文) 연간[8]에 다네가시마(種子ヶ島)[9]로 철포가 전해졌을 때, 네덜란드 사람인지 포르투갈 사람인지가 가져온 서양식 갑옷으로 마치 복숭아 열매처럼 한가운데서 갈라져 그 틈이 점점 커지고, 하부는 등 쪽으로 간결하게 이어진 일종의 구흉(鳩胸) 갑옷이다. 이 갑옷은 전국 시대 무장 사이에서 매우 진기하게 여겨져 이후 내지에서도 모조품이 만들어질 정도였으니 데루카쓰가 이걸 입었다는 사실이 그다지 신기한 일은 아니지만 그래도 초상화에 그려질 텐데 이 갑옷을 굳이 고른 까닭은 무엇일까. 그러고 보니 이 초상화가 데루카쓰 스스로 생전에 화가에게 명해 그리게 한 것인지 아니면 사후에 몇몇이 기억하는 공의 모습을 묘사한 것인지 확실하지 않지만, 어쨌든 공이 특히 이 갑옷을 좋아했고 가장 많이 애용했다는 증좌는 될 것이다.

단지 역사상 전해 오는 무주공의 모습만을 염두에 두고 이 초상화를 보면 혼다 다다카쓰나 사카키바라 야스마사의 초상화와 비슷한 호걸의 느낌밖에는 감지되지 않지만,

---

8 전국 시대 고나라 천황(後奈良天皇) 때의 연호로, 1532년부터 1555년까지를 말한다.

9 규슈 지방 가고시마현의 섬. 철포 전래의 역사를 다룬 에도 시대의 서적 『철포기(鉄炮記)』는 1543년 다네가시마로 표류한 선박을 통해 일본에 철포가 유입되었다고 기술하고 있다.

한번 공의 약점을 알고 성생활의 비밀을 찾아내 재차 상세하게 바라보면, 기분 탓이겠지만 겉으로는 늠름해 보이는 영웅의 모습 뒤에 무언가 일종의 불안한 느낌, ── 영혼의 고뇌라고도 할 만한 것이 근엄한 갑옷 안에 숨겨져 뭔가 말하기 어려운 음울함을 간직하고 있음을 간파할 수 있다. 예컨대 크게 뜬 눈, 굳게 다문 입술, 화난 듯한 코와 눈썹의 표정 등이 마치 사나운 호랑이 그림처럼 사람에게 경외심을 불러일으키지만, 보기에 따라서는 요양원 환자가 뼈를 깎는 듯한 매일의 고통을 애써 참을 때의 표정과 닮아 있다. 게다가 남만식 갑옷이라거나 물소의 뿔에 제석천의 투구 같은 것도 추측하자면, 내면의 약점을 다른 사람에게 들키지 않으려고 억지로 그런 위협적인 분장을 한 결과라고 생각할 수 있다. 하지만 그냥 봐도 답답해 보이는 갑옷 복장이 이상한 장신구 때문에 한층 부자연스럽고 너무 어색해 보인다. 원래 구흥 갑옷을 입으면 서양식 걸상에라도 몸을 걸치는 편이 자연스러운데 책상다리를 하고 앉아 있으니 갑옷 몸통만 기이하게 앞으로 튀어나와 더욱 거북해 보인다. 다시 말해 이 갑옷 아래에는 마땅히 있어야 할 전장에서 단련된 근육과 우람한 육체의 느낌이 없다. 갑옷이 육체와 분리되어 몸을 딱 감싸고 있을 뿐, 자신을 보호하고 사람을 위협해야 할 무구가 오히려 그 자신에게 무한의 괴로움을 주는 족쇄처럼 보인다. 그렇게 생각하고 보면, 공의 모습에서 매우 비장하고 참담한 고뇌의 그림자가 나타나 갑옷을 입은 용감한 무사의 모습이 잔인한 속박에 신음하는 죄수처럼 보인다. 투구 장식에 대해서도 더욱 깊이 들여다보면 오니를 밟고 서 있는 제석천은 물론 공의 무용을 상징하는 것일 테지만 발밑에 눌려 허덕이는 추악한 오니 쪽 또한 비참한 공을 암시하는 것도 같다. 물론 화가가 그러한 의도를 가지고 그린 것은 아니며 공의 비밀에 대해서도 아는 바가 없었겠지만, 결국 충실하게 있는 그대로를 그려 내다 보니 이러한 초상화를 완성하게 된 것이다.

이 그림과 짝을 이뤄 같은 상자 안에 들어 있는 다른 한 폭의 그림은 공의 부인 초상화다. 어느 쪽에도 낙관은 없지만 같은 화가가 거의 비슷한 시기에 그린 것으로 추정된다. 부인은 원래 기류 집안과 동격의 영주인 지리우 시나노노카미(池鯉鮒信濃守)의 여식이다. 남편 데루카쓰와 결혼해서는 정숙하다는 평판을 받았으며 남편 사후에는 삭발하여 쇼세쓰인(松雪院)이라 칭하고 친정인 지리우 가문에 몸을 맡겼는데 부부 사이에 자식이 없었기 때문에 만년에는 매우 쓸쓸하게 지내다가 남편보다 삼 년 뒤에 세상을 떠났다. 대체로 일본의 역사적 인물의 초상화는 남성을 그릴 경우에만 개성적인 특징을 파악하여 그 사람됨을 생생히 떠오르게 하는 걸작이 많다. 반면, 여성의 초상화는 대체로 유형적이며 어느 한 시대의 이상형으로 생각되는 미인의 모형을 그리는 데에 지나지 않는다. 지금 이 부인의 초상화를 보건대 이목구비가 뚜렷한 미인임에 틀림없지만, 이 시대의 다른 부인의 초상화와 비교해서 딱히 이렇다 할 차이점이 보이지 않는다. 다시 말해 이 초상화를 호소카와 다다오키(細川忠興)[10]

---

10   호소카와 다다오키는 전국 시대의 무장으로, 오다 노부나가 사후에 도요토미

부인의 초상화라 하더라도 보는 사람의 인상에 그렇게 차이가 있을 것 같지는 않다.

　이러한 유형적 미인의 얼굴은 언제나 일종의 창백한 냉기를 동반한다. 이 부인의 용모 역시 그러한데, 군데군데 분이 벗겨지고 색이 바랜 뺨 주위를 보고 있노라면, 둥근 얼굴에 통통한 몸매임에도 불구하고 전혀 생기가 없다. 조각같이 높은 코도 그렇다. 유난히 가늘고 긴 눈과 위엄 있는 눈꺼풀 아래에 바늘처럼 선명한 눈동자는 품격 있는 총명함을 나타내는 동시에 뭔가 싸늘함을 느끼게 한다. 생각하건대 그 무렵 영주의 부인은, 이른바 "북쪽에 계신 분(北の方)"이어서 햇빛이 잘 들지 않는 저택 깊숙한 곳에서 단조로운 나날을 보내고 있었기 때문에 모두 다 이런 유형적인 표정을 지니게 되었는지도 모른다. 그중에서도 특히 이 부인의 고독하고 쓸쓸한, 울려고 해도 울 수 없는 쓸쓸한 생애를 생각하면 실제로 이런 얼굴을 하고 있었을지도 모른다는 기분마저 든다.

히데요시와 도쿠가와 이에야스의 휘하에서 활약했다. 에도 시대에는 고쿠라(小倉)의 영주로 임명되었으며 문예와 다도에 능했다고 알려져 있다. 호소카와의 부인은 오다 노부나가를 시해한 아케치 미쓰히데(明智光秀)의 딸 가라샤(ガラシャ)인데 전국 시대를 통틀어 가장 총명하고 아름다운 여성으로 일컬어진다.

무주공 비화 권 2

호시마루가 인질이 되어
오지카 성에서 자란 일과 여인의 목

『도아미 이야기』에 이르길,

즈이운인(瑞雲院) 님의 아명은 호시마루(法師丸)라고 한
다. 무사시 지방의 영주이신 데루쿠니(輝国) 님의 적자이신데,
일곱 살 때 아버지 데루쿠니 님이 이웃 나라의 쓰쿠마 님과 화
친을 맺어 쓰쿠마 잇칸사이(筑摩一閑斎) 님의 성이 있던 오지
카야마(牡鹿山)에 인질로 보내졌다. 즈이운인 님은 "나는 어릴
적부터 아버지 슬하를 떠나 십수 년간 오지카야마 성내에서 문
무의 도를 배웠다. 그렇기에 잇칸사이에게는 교육의 은혜를 입
었다."라고 말씀하셨다.

이 글귀에는 '화친'이라고 되어 있지만, 당시 쓰쿠마
집안은 강한 문벌이었고 많은 지역을 다스리던 대영주였기
에, 굴욕적인 항복은 아니라 하더라도 분명 대등한 화친은
아니었을 테며 실제로는 잇칸사이 휘하에 예속된 것이리라.

그렇지 않다면 소중한 후계자인 맏아들을 인질로 내어 줄 리 없다.

호시마루의 어릴 적 일화는 많이 전해지지 않지만 여기 한 가지 사건이 있다. 덴분(天文) 18년[11], 호시마루가 열세 살이 되던 해 가을, 오지카야마 성이 관령(管領)[12] 하타케야마(畠山) 씨의 부하 야쿠시지탄조 마사타카(薬師寺弾正政高)의 병사들에게 포위되어 9월부터 10월에 걸쳐 농성을 하게 되었다. 당시 호시마루는 관례(元服)를 하기 전이라 전장에 나가는 것이 허락되지 않았기에 매일 성안에서 전투의 양상을 전해 듣고는 어린 마음을 설레어 했다. 호시마루는 자기와 같은 어린애가 전투에 나서지 못하는 일은 어쩔 수 없지만 무사 집안에서 태어난 이상 적어도 실전의 광경을 봐 두고 싶었다. 아직 첫 출전에 공을 세울 만한 나이는 아니었지만 칼부림 속을 헤쳐 나가는 용사란 대체 어떤 사람인지 알고 싶었다. 하지만 오지카야마 성은 대대로 쓰쿠마 집안의 본성이라 방비도 엄했고 성내 구획도 상당히 복잡하게 되어 있어서 좀처럼 바깥으로 몰래 나갈 방법을 찾을 수 없었다. 더구나 전투가 시작되고부터는 인질에 대한 감시가 삼엄해진 데다 호시마루에게는 기류 집안에서 따라온 보좌역의 사무라이까지 있어 시중도 들지만 이리저리 간섭도 심했다. 호시마루는 자기 방이라고 정해진 장소에 하루 온종일 틀어박혀 멀리서 들려오는 철포 소리나 함성을 들으며 보좌역

11   1549년.
12   막부의 직책 중 하나.

인 아오키 슈젠(青木主膳)이 "저것은 적군이 쓰러지는 소리입니다."라든가 "이번에는 아군이 성문 안에서 신호로 보내는 나팔 소리입니다."라고 알려 주는 시시각각의 전황을 들을 뿐이었다. 슈젠의 말에 따르면 이번 전투에서 아군은 고전을 면치 못하고 있었다. 적군은 이미 본성 주위에 있는 다수의 작은 성을 점령했으며 2만 기에 달하는 군세가 오지카야마의 산기슭을 겹겹이 포위하고 있었다. 아군은 겨우 오천에 지나지 않는 군사로 방어하고 있는 것이다. 다행히 오지카야마 성은 견고한 요새로 유리한 지형에 위치하고 있어서 지금까지 버티고 있지만 어느덧 농성을 시작한 지 한 달에 이르렀다. 교토 쪽 형세에 변화가 생겨 적들이 자연히 포위를 풀 수도 있다는 점을 기대하고 있지만 그 시기가 빨리 찾아오지 않으면 조만간 성은 함락될 것이었다.

호시마루는 인질이라고는 하지만 영주의 자식이기에 특별한 대우를 받았던 듯하다. 따라서 그가 살던 곳도 성 중앙에 있었을 터다. 하지만 어느새 성 외곽이 적의 손아귀에 떨어져 군세가 성 중심에서 세 번째 성곽에까지 이르렀기 때문에 그때까지 여유가 있던 넓은 성내도 점점 좁아져 갔다. 세 번째 성곽에 있던 아군이 두 번째 성곽으로 물러나고 두 번째 성곽이 비좁아지자 성 중앙으로 밀려 들어와 모든 방과 성루가 사람들로 들어차 가득했다. 이렇게 되자 질서 정연했던 체계가 흐트러져 담당이 정해져 있어도 그대로 시행되는 일은 없고 당장 임무가 없는 사람은 무슨 일이든 돕게 되었다. 아오키 슈젠도 고전 중인 아군을 외면하고 호시마루 곁에만 있을 수는 없었기에 적군의 공격이 거셀 때에는 한쪽 요충지를 맡아 방어에 힘을 보태지 않으면 안 되었다.

어릴 적 일을 생각하면 당시에는 대수롭지 않게 여겼던 것도 시간이 지날수록 그리워진다. 내가 오지카야마에서 농성을 하던 시절, 미천한 아녀자들과 함께 한곳에서 생활하며 전쟁의 상황을 알 방도가 없어 원통하기가 이를 데 없었는데, 지금 그때 일을 떠올리니 제법 재미있었다는 생각이 든다고 말씀하셨다.

『도아미 이야기』에는 당시의 일을 이렇게 적고 있다. 결국 호시마루는 아오키 슈젠의 감시가 느슨해진 것을 무척 기뻐하였다. 게다가 지금껏 전쟁 분위기와는 동떨어져 있던 호시마루의 방에 여러 명의 낯선 '아녀자들'이 흘러 들어와 주위가 갑자기 떠들썩해졌다. 이 '아녀자'라는 사람들 역시 인질들로, 이런 경우 소년이나 부녀자는 방해만 되니 모두 호시마루가 있던 방에 모아 두었을 것이다. 대체로 어린아이란 전쟁이 되었건 지진이나 화재가 되었건 뭔가 혼란스러운 때 좁은 곳에 많은 사람들이 피난 와서 시끌시끌 떠드는 것을 마치 소풍이라도 온 양 신기해하거나 기뻐하는 버릇이 있다. '미천한 아녀자들'과 같은 취급을 받은 것이 분했을지도 모르지만 호시마루도 세상 물정을 모르는 귀족 도련님인 만큼 이런 무리들과 접촉하는 데에 분명 일종의 호기심을 느꼈으리라. 그중에서도 특히 그의 주의를 끈 것은 무리에 섞여 있던 연상의 부인들이었다. 거기에 모인 인질들 중 남자는 모두 소년들이었지만 여자는 연령이 일정하지 않았다. 오십 육십의 노파가 있는가 하면 중년의 부인도 있었으며 아직은 많이 어린 여자아이들도 있었다. 호시마루 입장에서는 이 무리가 '미천한' 자들이겠지만 인질이 될 정도니 다들 상당한 지위를 가진 집안의 부인이다. 그 증거로 그녀들은 아무리 적군의 공격이 닥쳐오더라도 결코 흐트러짐 없이 언제나 침착하고 다소곳하게 방 한쪽에 자리하고 있었다. 그녀들은 나이가 많은 자는 물론이고 어리더라도 한두 번은 전쟁을 겪은 경험이 있는 듯했다. 함성을 지르는 방법이나 진퇴를 알리는 북소리, 그 외에도 여러 낌새를 통해 아군과 적군의 승패를 판단하거나 오늘은 야습이 있을 거라든가 내일은 아침에 전투가 있을 거라는 둥 마치 차를 마시며 담소를 나누듯이 조용히 이야기하는 것이 일상이었다. 호시마루는 아오키 슈젠이 바빠지고부터는 누구에게 전황을 물어볼 수도 없었기 때문에 자연스레 이 부인들의 이야기에 귀 기울이게 되었다. 그는 자기 스스로 이 무리의 일원이 되길 원했지만 상대가 연상의 여인들이기 때문에 쑥스러운 나머지 그저 멀리서 주의를 기울이거나 뭔가 다른 핑계를 대고 이리저리 그 주위를 서성이거나 했다. 그러던 어느 날 저녁, 마침 그날은 격렬한 전투가 있어 그 여자들 중에서도 한창 일할 나이의 사람은 줄곧 부상자를 돌보고 온 이후였다. 언제나처럼 전투에 대한 이야기가 시작되기에 호시마루가 몰래 그녀들이 앉아 있는 자리로 다가가자,

"호시마루 님."

하고 자리에 있던 한 노년의 여성이 말을 걸었다.

"호시마루 님. 자, 이쪽으로 들어오세요."

노년의 여성은 어린아이를 보살피는 듯한 눈빛으로 상냥하게 웃었다. 그러고는 같이 있는 여자들을 돌아보며,

"이 도련님은 기특하신 분이에요."

라고 말했다.

"언제나 우리가 전투에 대한 이야기를 할 때면 이 도련님은 못 들은 척하면서도 열심히 듣고 계세요. 어릴 때부터 이러지 않으면 훌륭한 무장이 될 리 없지요."

이 노파는 비교적 신분이 높아 모두의 존경을 받는 듯했다. 두꺼운 방석 위에 앉아 사방침에 팔을 걸치고는 스무 명 정도가 원을 그리며 앉아 있는 곳 중심에 자리를 차지하고 있었다.

"호시마루 님. 전쟁 이야기가 듣고 싶으신 건가요?"

그때 다른 중년 여성이 물었기에 호시마루는,

"응."

하고는 고개를 끄덕여 보였다. 호시마루는 거기에 나란히 앉아 있는 부녀자들의 시선이 지금 노파의 말과 함께 일제히 자신의 얼굴로 향하는 것을 느끼자 뭔가 정체를 알 수 없는 공포 — 말하자면 이종족(異種族)에게 둘러싸였을 때 주눅이 드는 것과 비슷한 기분을 느꼈다. 무슨 말을 하든지 남녀 구별이 엄격했던 것이 당시의 무사 계급이다. 게다가 이 소년은 어릴 때부터 부모 곁을 떠나 거친 사무라이들과 자라서 난사(蘭麝)[13] 향기 그윽한 안방마님들의 생활은 거의

---

13 난꽃 향기와 사향. 대단히 좋은 향기 혹은 여인이 풍기는 고혹적인 향기를 의미하기도 한다.

알지 못한다. 인질이라고는 하지만 그래도 여성스러운 여인 스무 명이 모여 만들어 내는 아름다운 색채와 지금껏 맡은 적 없는 향내가 태어나서 처음으로 그의 눈앞에 일종의 화원(花園)을 펼쳐 놓은 것이다. 전부터 멀리서 바라보기는 했지만 이렇게 가까이에서 그 분위기에 둘러싸이고 보니, 아마도 호시마루는 아름다움이나 요염함을 느끼기 이전에, 익숙하지 않음에서 오는 일종의 혐오감에 휩싸였으리라. 잠시 동안 가만히 서 있으니,

　"자 이리로 와서 앉으세요."

하고 다시 재촉하기에,

　"응."

하고 또 한 번 고개를 끄덕이고는 주눅이 든 기분을 억누르기 위해 일부러 다다미에 소리를 내며 위세 좋게 앉았다.

　"도련님. 도련님도 이제 이삼 년만 있으면 전쟁에 나서실 수 있어요."

하고 누군가가 소년의 마음을 알아채고 말해 주었다.

　"물론이지. 이 도련님은 체격도 튼튼하고 키도 커서 보기만 해도 듬직한 도련님이야."

　여자들은 호시마루가 어떤 사람의 아들이며 어떤 사정으로 이곳에 오게 되었는지를 잘 알고 있었다. 게다가 자신들 역시 인질의 몸이라 소년의 상황에 자연히 동정심을 품게 되었을 것이다. 그중에는 소년과 비슷한 연령의 자식이나 동생을 가지고 있는 어머니나 누이도 있었으리라. 어쨌든 모두가 호시마루의 늠름한 모습을 칭찬하며, "첫 출전 때의 무사다운 활약을 보고 싶어."라든가, "이런 후계자를

가지신 무사시 지방의 영주님은 행복하실 거야."라고 말했다. 하지만 호시마루는 그런 것은 아무래도 좋았다. 그보다 빨리 전쟁 이야기를 듣고 싶었다. 그러자 아까의 노파가,

"도련님은 아직 한 번도 적의 모습을 본 적이 없지요?"
하고 가여워하듯 말했다. 노파에게는 호의적인 연민이었지만 호시마루는 이 말에 모욕을 느끼고 얼굴을 붉히며 고개를 저었다. 그리고,

"보고 싶긴 하지만 나에겐 보여 주지 않아. 아이는 두 번째 성벽으로 가서는 안 된다고 하면서."

"누가 그렇게 말씀하시던가요."
노파는 호시마루의 불평 담긴 말에 미소를 머금었다.

"나에게 시중드는 사무라이가 있는데, 그자가 여러모로 간섭을 하니까."
그렇게 말하고 이번에는 호시마루 쪽에서 물었다.

"너희들은 적의 공격을 받는 근처까지 보러 간 적이 있겠지?"

"네. 오늘처럼 전투가 바쁠 때는 여러 도움이 필요하니 망루 위나 정문 근처까지 나갈 일이 있습니다."

"그럼 적을 죽이고 목을 베는 장면도 볼 수 있는거야?"

"아, 네. 볼 수 있지요. 너무 가까이에 있어서 피를 뒤집어쓸 때도 있어요."
그렇게 말하는 노파의 얼굴을 호시마루는 부러운 듯이 바라보았다. 어른은 좋구나, 여자라 하더라도 그런 걸 볼 수 있으니까. 그렇게 생각하니 애가 타서 도저히 참을 수가 없었다.

"이봐. 나를 너희들 틈에 넣어서 내일 데리고 가 줘."

"아, 그건 좀……."

하고 말하며 노파는 애처로운 아이에게 말하듯 여전히 상냥한 미소를 띠며 대답했다.

"그건 안 됩니다. 그럼 아오키 슈젠 님이 저희를 혼내실 거예요."

"아니야, 슈젠은 알지도 못해. 결코 너희에게 방해가 되지 않을게. 너희가 할 수 있는데 나라고 못 할 건 없잖아."

"하지만 지체 높으신 도련님이 여자들 사이에 끼어 심부름 같은 걸 할 수는 없습니다. 그런 일을 하시면 웃음거리가 됩니다."

호시마루는 노파가 하는 말이 지당하다고 생각했지만 전쟁터에 나가 실제로 용사들이 싸우는 광경을 보는 게 힘들다면 적어도 이름난 용사의 시체만이라도, 아니 수급(首級)만이라도 보고 싶었다. 사실 그는 아직까지 처참하게 베인 시체나 피투성이의 생생한 수급을 본 적이 없었다. 베어져 땅에 나뒹구는 수급 따위는 어디선가 우연히 본 기억이 있지만 여태껏 전장의 장렬함이 각인될 만한 무언가를 볼 기회는 한 번도 없었다. 귀족 집안에서 자라 항상 감시를 받아 온 그에게는 어쩌면 당연할지도 모르지만 무사의 자식으로 벌써 열셋이 되었는 데도 불구하고 아직까지 그런 경험이 없다고 생각하면 호시마루는 왠지 다른 사람들 앞에서 주눅이 드는 기분이었다. 특히 이번처럼 자신의 방 바로 근처에서 매일 적과 아군이 시체의 산을 이루고, 여인들까지도 피를 뒤집어쓸 정도로 분투하고 있는데 자신만 전혀 경험하지 못한다는 게 더할 나위 없는 불명예로 느껴졌다. 자신이 그런 걸 본다 한들 공포심을 느낄 리는 없겠지만 어느 정도 평정심을 유지할 수 있을지 담력을 시험해 보고 싶었다. 지금부터 그런 수련을 쌓아서 첫 출진 때 실수하지 않았으면 했다.

이삼일 뒤에 다시 호시마루가 노파에게 부탁하자 그녀는 잠시 생각한 뒤,

"알겠습니다."

하고 말했다.

"전투 장소로 데려가 드릴 수는 없지만 수급을 보시는 것만이라면 제가 어떻게든 해 드리지요. 그 대신 절대 누구에게도 말씀하셔서는 안 됩니다. 아시겠죠? 그것만 지켜 주시면 오늘 밤 제가 좋은 곳을 안내해 드리겠습니다."

노파는 목소리를 낮춰서 말했다. 그리고 호시마루에게 이런 말을 했다. 최근 매일같이 여인들 중 대여섯 명이 선택되어 불려 가서는 베어진 적의 수급을 기록 장부와 대조하거나 명찰을 바꿔 달거나 혈흔을 닦아 내는 등의 일을 하고 있다는 것이다. 이름 없는 잡졸의 목이라면 상관없지만 이름난 용사의 수급이라면 모두 그런 식으로 깨끗하게 더러움을 제거한 뒤 대장님에게 올린다. 그러니 보기 흉하지 않도록 머리가 흐트러진 것은 다시 묶어 주고 치아를 염색했던 사람은 재차 염색해 주고[14] 드물지만 때로는 옅게 화장을

---

14   치아를 검게 물들이는 풍습은 상류층 부인 사이에서 유행했는데 헤이안 후기부터는 귀족이나 무사 집안의 남자들 사이에서도 행해졌고 이후 민간에까지 널리 알려졌다. 에도 시대에는 기혼 부인의 표시가 되기도 했다.

해 주는 목도 있다. 요컨대 가능한 그 사람이 살아 있었을 때의 풍모나 혈색과 비슷하게 하는 것이다. 이것을 '목을 단장한다.'라고 부르는데 여자가 하는 일이었다. 이 성에는 여자 일손이 부족하기 때문에 인질 중 여자들이 맡게 되었는데, 거기서 일하는 사람들은 모두 노파가 마음 편히 대할 수 있는 사람들이니 그런 곳이라도 괜찮다면 은밀히 보여 주겠다는 말이다.

"아시겠죠? 다른 사람에게 알려지면 성가신 일이 생기니 그냥 저를 따라오셔서 조용히 구경만 하시는 거예요. 절대로 거들거나 쓸데없는 말을 해서는 안 됩니다."

노파는 호기심에 불타는 소년의 눈을 쳐다보면서 그렇게 다짐을 받은 후,

"그럼 오늘 밤 제가 모시러 올 테니 잠자는 척하며 기다리고 계십시오."

하고 말했다.

호시마루의 침소는 앞에서도 말했듯이 여인들과 같이 쓰며 서로 차별 없이 나란히 자는 상황이었는데 그래도 소년의 잠자리만은 가장 상석에 칸막이로 구분하여 마련되었다. 소년과 아오키 슈젠은 그 안에서 잤다. 하지만 다행히도 방이 넓은 데다가 등불 하나만 희미하게 켜져 있기 때문에 칸막이 안쪽은 매우 어두워서 슈젠이 잠깐 잠에서 깨어 눈을 뜬 것 정도로는 호시마루가 자리에 없다는 사실을 알 수 없었다. 무엇보다 이 무렵의 슈젠은 낮일로 완전히 지쳐서 누우면 곧바로 코를 골며 깊이 잠들었다. 물론 슈젠만 그랬

던 것은 아니었다. 교대로 야간 경비를 하는 무사들 외에는 모두 죽은 듯이 숙면을 취했기에 낮의 소요와 활동이 심하면 심할수록 밤에는 더욱 조용했다. 호시마루는 그 으슥한 어둠 속에서 잠옷을 입고 감쪽같이 잠든 체했는데 이윽고 노파의 발소리가 나더니 칸막이 문을 똑똑 두드렸다.

"어디야?"

소년은 슈젠이 잠든 곳 언저리를 돌아 사부작사부작 칸막이 밖으로 나갔다.

"이쪽입니다."

하고 노파가 말하더니 턱으로 방의 출구를 가리켰다. 노파가 바로 앞에서 걷는지 옷 스치는 소리가 잔잔한 바다에 밀려오는 파도처럼 쏴아, 쏴아 하고 일정한 간격으로 뚜렷하게 들렸다.

9월도 이제 중반이라 추운 밤이었다. 노파는 흰 고소데(小袖)[15] 위에 뭔가 뻣뻣한 우치카케(裲襠)[16] 같은 것을 걸치고 고양이같이 등을 구부린 채 옷자락이 잠든 사람을 건드리지 않도록, 그리고 옷 스치는 소리를 조금이라도 죽이고자 양손으로 옷자락을 들고 있었다. 등불을 가지고 있지는 않지만 복도로 나가면 정원 곳곳에 화톳불이 있어서 그게 마루에 반사되어 비추었는데, 때로는 뒤돌아서 호시마루에게 눈으로 신호하는 노파의 얼굴 절반을 발갛게 비추기도

---

15 흰 옷감으로 만든 소맷부리가 좁은 평상복.
16 고소데 위에 껴입는 옷. 무가 여성의 의복이며 현대에는 혼례 예복으로도 쓰인다.

했다. 그녀가 작은 목소리로 무슨 말을 할 때마다 숨이 하얗게 뿜어져 나왔다. 소년에게는 항상 낮에 보던 노파의 모습과는 전혀 다른 느낌이었다. 품위 있고 포근해서 유모나 고모와 같았던 노파가 지금은 그렇게 보이지 않았다. 나쁜 사람으로 보이는 것은 아니지만 주름 파인 얼굴에 깊은 그림자가 생기면서 마치 반야(般若)[17]와 같았다. 그 탓인지 낮보다 더 나이를 먹은 추레한 노파처럼 보인다. 흰머리가 있는 것을 전부터 알아차리지 못한 것은 아니지만 그것이 특히 옆머리에 많아서 멀찍이 활활 타오르는 화톳불의 역광선을 받아 철사처럼 빛났다. 지체 높은 사람이라면 절대 모르는 사람과 함께 바깥을 돌아다녀서는 안 된다고 거듭 이야기하던 아오키 슈젠의 말이 떠올랐다. 무엇인가 꾸미고 있는 것은 아닌지, 위험한 함정에 빠진 것은 아닌지 생각했다. ── 하지만 곧바로 그런 겁 많고 나약한 생각을 그만두었다. 노파의 얼굴이 이상해 보이는 것은 밤의 불빛 때문이다. 그 밖에 다른 원인은 없다. 그런데도 위험을 상상하는 것은 나약함에 빠졌다는 증거다. 그렇게 생각하니 잠시라도 의심을 품었던 것에 자존심이 상했다.

"이것을 신으십시오."

복도의 막다른 골목에 다다르자 미닫이문을 소리 나지 않게 조심히 열더니 자신이 먼저 마당으로 나가 품에서 짚신을 꺼내 호시마루 앞에 대령했다.

화톳불이 강해서 지금까지 몰랐지만 밖에서는 14일 무

17 귀신처럼 무서운 얼굴을 한 여인.

39

렵의 달이 밝게 빛나고 있었다. 달빛은 주변 건물의 흰 회반죽을 바른 벽에 반사되어 지상을 한층 밝게 비추었다. 노파는 그 하얀 벽이 겹겹이 굴곡진 면을 따라 어둠과 달빛이 뒤섞인 사이를 다소 서둘러 걸었다. 그리고 흙벽으로 된 창고 건물에 이르자 그 문을 열고는 호시마루에게 손짓하며,

　"이쪽입니다."

하고 말했다.

　호시마루는 그 건물을 알고 있었다. 안은 무구 등을 보관하는 창고인데 위쪽에는 낮은 다락방 같은 2층이 있다. 그러나 노파의 뒤를 따라 들어간 곳은 내부 모습이 농성 이전과는 많이 달라져 있었다. 거기에 있었던 무구나 그 밖의 부피가 큰 짐들이 모두 빠져나가 창고 대부분이 텅 비었고 한쪽 구석에는 급조해서 만든 부뚜막이 있었다. 어두컴컴해서 잘 보이지 않았지만 부뚜막 아래에서 깜박이는 장작불과 밖에서 들어오는 달빛을 통해 호시마루는 그 사실을 알아차렸다. 창고에는 특유의 곰팡이 냄새도 났는데 거기다 여러 냄새까지 섞여 복잡하고 불쾌한 냄새였다. 아울러 부뚜막에는 솥이 올려져 있었는데 물이 끓는 탓인지 묘하게 그 냄새가 미적지근히 떠다녔다.

　"사다리입니다. 조심하십시오."

하며 노파는 2층으로 올라갔다. 호시마루가 그 뒤를 따랐다. 사다리를 올라가자 비로소 환한 등불 아래 앉았다.

　"겁쟁이가 되어서는 안 된다. 어떤 광경도 외면해서는 안 된다."

　그런 의식이 소년의 눈을, 무엇보다 먼저 그 실내에서

가장 무서운 물체 위에 고정시켰다. 그는 자신과 가장 가까운 곳에 있는 부인 무릎 앞에 놓인 수급을 보고는 차례로 그 주변에 있는 수급으로 시선을 돌렸다. 호시마루는 그 수급들을 모두 아무렇지도 않게 계속 보고 있을 수 있다는 데에 만족을 느꼈다. 대체적으로 그것들은 마치 만들어 낸 것인 양 오히려 청결해서 그가 예상했던 것처럼 전장의 느낌이나 용사의 면모 등은 조금도 느껴지지 않았다. 보고 있을수록 점점 그것들이 인간 세상의 물건이 아닌 듯 느껴졌다.

여자들은 앞서 노파에게 이야기를 들었는지 호시마루가 들어오자 공손히 목례를 하고는 조용하게 작업을 계속했다. 인원은 정확히 다섯 명이었다. 그중 세 명이 각각 하나씩 수급을 자기 앞에 두었고 나머지 두 사람은 조수 역할을 하고 있었다. 한 여성은 물을 절반쯤 대야에 부어 조수의 도움을 받으면서 수급을 닦았다. 닦아 내면 그것을 목판 위에 올려놓고 다음 수급으로 넘어갔다. 또 한 여자가 그걸 받아서 다시 머리 모양을 가다듬고 세 번째 여자는 명찰을 붙인다. 일은 그런 순서로 진행되었다. 마지막에 그 수급들은 세 여자 뒤에 있는 커다란 널빤지 위에 한 줄로 늘어섰다. 수급이 미끄러지지 않게 그 판자 표면에는 못이 나와 있고 거기에 목을 찔러서 고정하게끔 장치가 되어 있었다.

작업의 편의를 위해 세 명의 여자 사이에 등불이 두 개 놓여 있어 방은 상당히 밝았다. 게다가 일어서면 머리가 천장에 닿을 듯한 다락방이라 호시마루에게는 그 실내의 광경이 빠짐없이 눈에 보였다. 그는 수급 자체엔 커다란 인상을 받지 못했으나 수급과 세 여인의 대조에 이상한 흥미를 느껐다. 왜냐하면 수급을 다양하게 다루는 여자의 손이나 손가락이 생기를 잃은 수급의 피부색과 대조를 이룰 때 이상하게 하얗고 생기 있으며 나긋나긋해 보였기 때문이다. 그녀들은 수급을 가지고 작업하면서 상투를 잡아채서 일으켜 세우거나 쓰러트리거나 했는데 수급이 여자의 힘만으로는 상당히 무거워서 머리카락을 여러 번 손목에 감아서 작업했다. 그럴 때 그 손이 이상하게 아름다움을 더했다. 그뿐만 아니라 얼굴 역시 손과 마찬가지로 아름다웠다. 이제 그 일에 익숙해져서 무표정하게 사무적으로 일하는 여자들의 용모는 돌처럼 차갑게 굳어 있고 거의 아무런 감각이 없는 듯 보이지만 죽은 사람의 목이 주는 무감각함과는 그 형태가 달랐다. 한쪽은 추악하고 다른 한쪽은 숭고하다. 그리고 그 여자들은 죽은 자에 대한 존경의 뜻을 잃지 않으려는 듯 어떤 때라도 결코 거칠게 다루지 않았다. 가능한 한 정중하고 얌전하게 부드러운 방식으로 작업하였다.

호시마루는 전혀 예상하지 못한 황홀함에 이끌려 잠시 넋을 잃고 있었다. 그것이 어떤 감정의 발현이었는지는 이후에 이해하였지만 당시 소년의 머리로는 아무것도 자각할 수 없었다. 다만 지금까지 경험해 보지 못한 기분, ── 그런 알 수 없는 흥분이었다. 그러고 보면 이삼일 전 저녁 때 처음 노파에게 말을 걸었을 때 이 세 여자들 역시 그 자리에 있어서 확실히 얼굴을 보았지만 그때는 아무런 느낌도 들지 않았다. 같은 "얼굴"이지만 다락방에서 이렇게 목과 마주하고 있는 지금 이 순간만큼은 왠지 그를 매혹했다. 그는 세 여자들의 작업을 번갈아 가며 지켜보았다. 맨 오른쪽에 있는 여자는 나무로 만든 명찰에 끈을 달아 그것을 수급의 상투에 묶고 있었는데, 때마침 머리카락 없는 수급 ── "뉴도쿠비(入道首)"[18]가 오자 송곳으로 귓구멍을 뚫어서 끈을 연결했다. 구멍을 낼 때 그녀의 모습은 그의 마음을 매우 기쁘게 했다. 그러나 그를 가장 도취시킨 것은 한가운데에서 수급의 머리를 감기는 여자였다. 그녀는 세 사람 중 가장 나이가 어렸는데 열여섯 살 정도로 보였다. 둥근 얼굴이 무표정한데도 자연스럽게 애교 있는 모습을 하고 있었다. 그녀가 소년을 매료시킨 까닭은 가끔씩 가만히 수급을 주시하고 있을 때, 무의식적으로 뺨에 비치는 은은한 미소 때문이었다. 그 순간 그녀의 얼굴에는 뭔가 천진난만한 잔혹함이라고도 할 만한 것이 떠올랐다. 그리고 머리를 묶는 손의 움직임이 다른 누구보다도 부드럽고 우아했다. 그녀는 때때로 옆에 있는 탁자 위에서 향로를 가져와 그걸로 머리에 향기가 스며들게 했다. 그러고는 머리를 땋아 올려 상투를 만들고 나서는, 그것이 하나의 예법인 것 같았는데, 빗의 손잡이 부분으로 수급의 머리 꼭대기를 톡톡 두드렸다. 호시마루는 그런 그녀가 너무나 아름답다고 느꼈다.

"어떠십니까. 이제 다 보셨죠?"

노파에게서 그런 말을 듣자 소년의 얼굴은 갑자기 빨개졌다. 노파는 언제부턴가 상냥하고 품위 있는 고모의 얼굴로 돌아와 있었는데 이쪽을 향해 싱긋이 웃는 그녀의 눈

18   삭발하여 불문에 귀의하는 것을 '뉴도(入道)'라고 한다. '뉴도쿠비'는 스님처럼 삭발한 수급을 말한다.

이 뭔가 자신의 비밀을 꿰뚫고 있는 것처럼 호시마루에게는 생각되었다.

그날 밤 그들이 다락방에 있었던 시간은 지금으로 치면 이삼십 분에 불과했을 것이다. 원래라면 호시마루는 조금 더 거기에 있게 해 달라고 노파를 조를 뻔했다. 아이가 신기한 것을 보고 싶어 하는 게 이상한 것은 아니니까, —"나는 더 볼래."라고 떼를 써도 좋았을 테지만 어째서인지 그때의 호시마루는 소년다운 천진함을 잃고 있었다. 한없이 아쉬움을 느끼면서 노파에게 재촉당해 사다리를 내려갔지만 조금 전의 황홀함이 이후로도 길게 이어져 언제나 그를 도취 상태로 이끌었다.

"자, 이제 만족하셨죠? 오늘 밤 일은 제가 멋대로 벌인 일이니 누구에게도 말씀하셔선 안 됩니다."

숙소 입구에 왔을 때 노파는 그의 귓가에 얼굴을 대고 그렇게 말하고 나서,

"아시겠죠? —그럼 안녕히 주무십시오."

하며 사라져 버렸다. 칸막이 너머 어둠으로 들어가 보니 다행히도 아오키 슈젠은 아무것도 모른 채 자고 있었다. 그러나 호시마루는 자기 잠자리로 들어가서도 좀처럼 흥분이 가시지 않아 눈이 맑아지기만 했다. 가만히 어둠을 주시하는 그의 눈동자에는 다시 한 번 등불의 불빛 아래 뒹굴고 있던 무수한 수급의 표정과 피부색, 피가 섞인 절단면, —그리고 그렇게 정적함을 간직한 것들 속에서 생생하게 움직이며 일하던 아름다운 손가락, 그중에서도 특히 그 열여섯 살 미녀

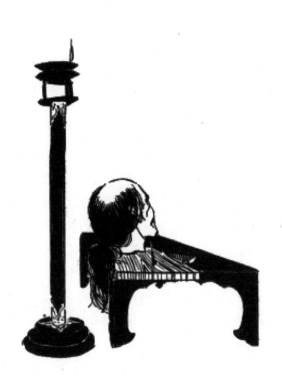

의 둥근 얼굴이 하룻밤 내내 이상한 환영이 되어 거품처럼 나타났다가 사라졌다. 그가 목격한 것은 그렇지 않아도 이상한 장면이다. 그리고 거기에는 코를 찌르는 듯한 이상한 냄새가 가득했고 거기에 있던 여자들은 모두 잘린 목과 마찬가지로 묵묵히 한마디도 하지 않았다. 열세 살 소년이 한밤중에 숙소를 몰래 빠져나와 창백한 정원의 달빛을 가로질러 느닷없이 그런 기묘한 곳으로 끌려갔으니, ─ 그것도 단시간 안에 끝나 버렸으니 ─ 현실과 완전히 동떨어진 세계가 한순간 갑자기 나타나자마자 순식간에 사라져 버린 듯한 느낌이었으리라.

날이 밝자 여느 때와 마찬가지로 적군의 공격이 시작돼 철포 소리, 연기 냄새, 나팔과 북, 함성 소리가 하루 종일 이어졌다. 그리고 인질인 부녀자 일행은 그날도 식량과 탄약 운반, 부상자 간호로 분주하게 움직이고 있었다. 호시마루는 그 일행 중에서 어젯밤의 여인을 찾아내 다락방의 광경이 꿈이 아니었음을 확인해 보려고 했지만 그가 특히 매혹된 미녀도, 그 외 네 명의 여자들도 분명 그중에 있었겠지만 도무지 한 명도 보이지 않았다. 다만 노파만은 언제나처럼 사방침에 기대어 방 한구석에 앉아 있었는데 호시마루에게는 아침부터 일부러 서먹한 티를 내었다. 생각해 보면 그 다섯 여자들은 밤새도록 수급을 단장하였으니 낮에 전투가 있는 동안에는 어디선가 쉬고 있는 게 아닐까. 어쩌면 지금쯤 그 다락방에서 자고 있을지도 모른다. ─ 호시마루는 아마 그럴 거라고 생각했다. 그 여자들이 낮에 보이지 않았으니 오늘 밤에도 역시 그녀들이 어젯밤의 작업을 담당하리라고 생각했다.

거기까지 깨달은 소년은 오로지 날이 저물기만을 기다렸다. 저 다락방 위로 다시 데려가 달라고 노파에게 부탁해 보았자 분명 거절할 것이다. 하지만 이제는 노파의 안내를 필요로 하지 않을 뿐만 아니라, 노파가 있으면 오히려 방해가 된다. 노파가 눈치채지 못하도록 몰래 방문을 빠져나오는 것만 성공하면 나머지는 혼자서 해결할 수 있다. 호시마루는 그렇게 결심하자 자신도 가능한 한 노파를 서먹하게 대하면서 곁으로 다가가지 않았다. 그는 자신이 그토록 다락방에 가고 싶어 하는 까닭이 어제와는 전혀 다른 동기라는 점을 스스로도 기이하게 여겼다. 어쨌든 이게 무사의 자식다운 소망이 아니라는 점은 분명하다. 자신은 담력을 시험하기 위해 다시금 그 광경을 보러 간다고 스스로 변명해 보았지만 사실 다른 데에 목적이 있었다. 소년은 그것을 명료하게 의식하고 있지는 않았지만 어떤 이유를 알 수 없는 수치심과 양심의 불안을 느꼈다.

소년이 가장 염려한 것은 아오키 슈젠이 잠을 깨는 일보다 노파의 눈에 띄는 것이었지만 다행히 아무에게도 들키지 않고 복도로 나갈 수 있었다. 이후로는 아무런 문제가 없었다. 소년은 마침 어젯밤과 같은 시각에 다시 정원의 달빛 속을 걸었다. 그리고 창고의 문을 열어 사다리 아래로 오기까지 눈에 보이지 않는 힘에 이끌려 정신없이 달려왔지만 막상 그곳에 와서는 한순간 멈춰 서서 2층 쪽으로 귀를 기울였다. 사실 어젯밤의 사건이 그에게는 아직 환영과 같은, —— 예컨대 그 노파가 요술을 부린 것이 아닌가 하는 의

혹을 품고 있었는데 지금 와서 잠시 주변을 둘러보니 역시나 부뚜막에서는 물이 끓고 있었고 따뜻해진 공기 중에는 그 잊을 수 없는 이상한 냄새가 풍겼다. 다락방에서는 아무 소리도 들리지 않았지만 사다리를 올라간 곳에 등불이 일그러져 있는 것을 보면 사람이 있음은 확실했다. 소년은 왜 솥에 물을 끓이는지 어젯밤에는 몰랐지만 수급을 씻기 위해서라는 사실을 그때 처음 깨달았다.

드디어 현실임에 틀림없다는 사실이 드러나자 수치심이 그를 더욱 압박했다. 그의 다리가 한 걸음씩 사다리를 올라갈수록 반대로 그를 끌어내리려고 하는 무언가가 나타났고 소년은 마음속으로 그것과 싸우면서 올라왔다. 예상한 대로 어젯밤과 같은 작업 광경이 똑같이 다섯 여인을 통해 전개되고 있었다. 여자들이 오늘 밤 그의 방문을 생각하지 못했다는 것은 말할 필요도 없다. 소년이 거기에 나타나자 그녀들의 눈에 확연히 의심의 빛이 떠올랐다. 중요한 역할을 맡은 세 여자들은 수급을 다루던 손을 멈추고 곧바로 소년에게 시선을 돌렸다. 가장 나이가 많아 보이는 여자가 정중하게 고개를 숙이자 다른 여자들도 그걸로 납득한 듯 양손으로 수급을 잡은 채 단아한 몸짓으로 경의를 나타냈다. 그녀들의 얼굴에 어떤 표정이 비친 것은 그 아주 짧은 순간뿐 그 이후로는 다시 묵묵히 작업을 이어 갔다.

여자들이 인질로 와 있는 귀공자에게 의례를 치렀을 때, 소년은 목덜미까지 붉어진 얼굴을 의연히 쳐들고 영주의 자식에게 어울리는 위용을 만들어 내며 서 있었다. 수치

심과 섬뜩함을 참기 위해 싱긋이 웃는 법을 그는 몰랐다. 그는 태어나면서부터 무사의 아들이었기 때문에 어떤 경우라도, — 하물며 여자들 앞에서는 더욱 — 그 품격을 무너뜨리지 않는 태도를 취해야 했다. 내면의 수치심과 겉면의 당당함, — 이 모순을 안고 있는 아이가 어깨에 힘을 주어 용맹하게 서 있는 모습은 꽤나 우스꽝스러웠을 것이다. 하지만 다행히 여자들은 당장 업무를 계속해야 했기 때문에 더 이상 그를 쳐다보지 않았다. 그녀들은 소년이 혼자서 온 것을 수상하게 여겼지만 그것을 따지는 일은 무례하며, 또 자신들의 임무도 아니라고 생각하는 듯이 부지런히 작업에만 임했다. 그 사무적이고 무표정하게 성심껏 일하는 여자들, 방 곳곳에 널려 있는 수급, 낮은 다락방 안에서 타는 등불, 훈향의 향기와 피 냄새가 어우러진 공기, — 모두 어젯밤 그대로였다. 오히려 호시마루에게는 어젯밤과 오늘 밤이 하나의 연속된 밤으로 생각되었다. 그동안 낮 시간이 존재하며, 조금 전에 자신이 빠져나온 다른 세상이 있다는 사실이 오히려 먼 꿈처럼 느껴졌다. 오직 다른 점은 옆에 노파가 없다는 것이다. 그 황홀한 도취의 기분, 가슴속을 긁어 대는 듯한 격렬한 환희가 어느새 그를 사로잡았다.

가장 오른쪽 끝의 여자는 오늘 밤에도 역시나 뉴도쿠비의 귀에 송곳을 찔러 구멍을 내고 있다. 한가운데 머리를 감기는 여자도 여전히 수급의 머리를 빗으로 톡톡 두드리고 있다. — 어젯밤 그를 가장 강하게 매료시킨 것은 이 여자인데, 생각하건대 그 이유는 그녀가 아직 육체적으로 충분히 발육되지 않은 나이라는 점에 있다. 왜냐하면 실내를 지배하는 것은 엄청나게 많은 수급, "죽음"의 누적이다. 이런 상황에서 그녀가 가진 젊음과 싱싱함은 더욱 돋보였다. 예컨대 그녀의 붉게 물든 동그란 뺨은 창백한 목의 혈색과 대조를 이루면서 그 본래의 붉은 색깔보다 더 생기 있게 보였다. 그리고 그녀가 수급의 머리카락을 풀거나 묶는 일을 담당하고 있었기 때문에 머릿기름이 스며든 손가락이 머리털의 검은색과 비교되어 실제보다 더 희게 비쳤다. 그리고 호시마루는 오늘 밤에도 또 그녀의 눈가와 입가에 떠오르는 이상한 미소를 보았다. 왼쪽 끝에 있는 여자로부터 예쁘게 핏자국을 닦아 낸 수급 하나가 건네져 오면 그녀는 그것을 받아 먼저 가위로 상투의 매듭 부분을 잘라 내고 이어서 애무하듯 머리를 정성껏 빗긴 다음, 어떤 경우에는 기름을 발라 주고, 어떤 경우에는 사카야키(月代)[19]를 밀어 주고, 어떤 경우에는 탁자에서 향로를 가지고 와서 연기를 입안으로 넣어 주면서 왼손으로 머리카락을 잡아들고는 마치 여자 미용사처럼 상투를 묶어 주는 것이다. 그녀는 그 일을 무심코 하고 있었지만 수급의 묶은 머리를 점검하기 위해 죽은 사람 얼굴에 시선을 줄 때면, 반드시 그 수수께끼 같은 웃음을 얼굴에 떠올렸다.

생각하건대 그것은 이 여자의 타고난 애교일지도 모른다. 사람들 앞에서 애교 섞인 웃음을 흘리는 것이 버릇이 되어 죽은 사람에게도 자연스레 그것이 나왔을지도 모른다. 오랫동안 죽은 사람의 수급을 다루는 동안 그 수급이 가지

19　상투가 있는 머리 한가운데부터 이마 언저리까지 모두 밀어내는 것.

는 엄청난 느낌에 무감각해지고 계속해서 수급을 화장하던 중에 오히려 애정마저 갖게 되어, 마치 살아 있는 사람을 대하는 것과 비슷한 기분이 들었다고 해도 지극히 당연한 결과다. 그러나 이곳에 갑자기 들어온 사람의 눈에는 한쪽에 단말마의 고통스러운 자취를 간직한 창백한 색깔의 목이 있고, 다른 한쪽에 젊디젊은 여인의 미소를 드리운 붉은 입술이 있다면, 그 미소가 아무리 희미한 것이라도 아주 강한 자극이 된다. 그것은 잔인함의 쓴맛을 띤 요염한 아름다움이다. 그래서 이미 열세 살이나 된 호시마루가 그 아름다움에 취하게 된 것은 거듭 의심할 필요도 없지만, 그는 거기에 더해, 보통 남자에게는 있을 수 없는 극단적인 감정을 경험했다. 『도아미 이야기』에는 당시 그의 심리 상태가 자세하게 적혀 있는데, 그 기술에 따르면 호시마루는 미녀 앞에 놓인 수급을 부러워했다. 심지어 그는 수급에 질투가 났다. 여기서 중요한 점은 그 질투의 성질이나 부럽다고 하는 말의 의미인데, 이 여자에게 머리단장을 받거나 그 잔혹한 미소를 머금은 눈으로 바라보아지는 일만이 부럽지는 않았다. 죽어서 수급이 되어 추하고 고통스러운 표정을 띤 채로 그녀 손에 희롱당하고 싶은 것이었다. 그러려면 필수적으로 수급이 되어야 했다. 살아서 그녀 곁에 있는 상상은 전혀 즐겁지 않았지만 만약 자신이 저런 수급이 되어 그녀의 매력 앞에 놓인다면 얼마나 행복할지 상상조차 안 되었다. ─그런 기분이 들었다고 한다.

소년은 이 모순으로 충만한 기이한 공상이 뇌리에 떠올라, 그것이 자신에게 무한의 쾌감을 주는 데에 스스로 놀

라고 의심하기까지 했다. 지금껏 그는 자신이 마음의 주인
이며 마음의 기능을 어떻게든 생각대로 지배할 수 있었지
만, 그 마음 깊은 곳에 자신의 의지가 전혀 미치지 않는 별
도의 심연 같은 우물이 있고, 이제 그 뚜껑이 갑자기 열려
버렸다. 그는 그 우물에 손을 얹어 깜깜한 속을 들여다보고
는 헤아릴 수 없는 깊이에 겁을 먹었다. 자신이 건강하다고
믿던 남자가 뜻밖의 악질적인 병을 앓고 있다는 사실을 발
견한 것과 같은 심정이었다. 호시마루로서는 그 병의 원인
이 어디에서 왔는지 좀체 알 수 없었다. 그러나 적어도 마음
속 비밀의 우물에서 용솟음치는 쾌감이 병적인 것임은 어렴
풋이 깨달았을 것이다.

　죽어 버리면 지각도 같이 잃어버린다는 사실쯤은 그도
알고 있었으리라. 그러니 수급이 되어서 그녀 앞에 놓여지
는 것이 행복이라고 하는 공상은 그 자체로 모순이었지만
다만 그 공상이 즐거웠다. 소년은 수급이 되어서도 지각을
잃어버리지 않을 것만 같은 망상을 그려 내어 거기에 정신
없이 빠져든 것이다. 그는 여자 앞으로 차례차례 옮겨지는
수급을 마치 자기 수급인 양 여겼다. 그리고 그녀가 빗의 손
잡이로 머리 위를 두드릴 때, 마치 자신이 매를 맞는 것처럼
느꼈다. ─ 그러면 그의 쾌감은 절정에 이르러 뇌가 저려 오
고 온몸이 떨리는 것이었다. 게다가 여러 수급 중에서도 가
장 추한 것, ─ 예컨대 슬퍼하며 호소하는 듯한 표정을 지은
것이나 어딘가 익살스러운 얼굴, 혹은 거무칙칙하고 더러운
피부의 머리거나 비칠비칠한 노인의 것 같은 수급을 "나"
라고 상상하는 편이 화려한 젊은 무사의 수급이나 용사의

수급을 자신에게 맞추는 것보다 한층 그를 행복하게 했다. 아름다운 수급보다 처연하고 추한 수급이 오히려 부러운 것이다.

호시마루는 원래 지기 싫어하는 강인한 성격의 소년이 었기 때문에 수치스러운 쾌감이 강하면 강할수록 그만큼 격렬한 자기혐오를 느껴 가능한 흥분을 억제하려고 노력했을 터다. 그는 자신에게 있는 최대한의 의지력을 발휘해 그 위험한 장소로부터, — 결국 자신을 얼마나 타락시킬지 모르는 기괴한 방에서 — 몸을 끄집어냈다. 그리고 부랴부랴 방으로 돌아와 잠이 든 때는 기나긴 가을밤이 아직 밝아 오기 전이었다. 『도아미 이야기』에는 이후 소년의 고뇌가 확연하게 기록되어 있는데, 그는 이후로 사흘 동안 밤이 되면 다락방으로 갔다. 갈 때는 언제나, 두려워하는 것은 비겁하다든가 의지력을 시험하기 위해서라든가, 어떻게든 자기 자신을 속이고 갔지만 사실은 그 광경의 저항할 수 없는 유혹이 그를 끌어당겼던 것이다. 사흘 동안 자기 망각과 회개가 순서를 바꿔 가며 그를 덮쳤다. 사다리를 내려올 때는 "두 번 다시 와서는 안 된다."라고 굳은 각오를 가슴속에 새기지만 밤이 깊으면 다시금 들뜨듯 잠자리를 빠져나와 비밀 낙원의 문을 그리워하며 가는 것이었다.

사흘째 밤의 일이었다. 호시마루가 다락방에 올라갔을 때, 예의 그 여자 앞에 이상한 수급이 하나 있었다. 스물두 살 정도로 보이는 젊은 무사의 수급이었는데, 이상하게도 코가 빠져 있었다. 얼굴은 결코 추하지 않았다. 색이 빠

져 버린 듯 희고 머리를 민 사카야키의 흔적은 파릇하며 머리카락은 검게 윤기 나는 것이 지금 이 수급을 다루는 여자의 어깨부터 등으로 늘어트려진 풍성한 그것에 비교해도 손색이 없다. 생각하건대 이 무사는 상당한 미남이었을 것이다. 눈매나 입매가 대단히 훌륭하고 전체 윤곽도 잘 갖추어져 있어 남자다움을 간직한 가운데, 우아한 선이 숨겨져 있어서 만약 그 얼굴 한가운데에 높고 훌륭한 콧대가 붙어 있었다면, 마치 인형사가 꾸민 전형적인 젊은 무사의 수급으로 보였을 것이다. 그런데 그 코가, 어찌 된 일인지 예리한 칼에 싹 베어 버린 것처럼, 미간에서 입 위까지 뼈와 함께 깨끗하게 없어진 것이다. 원래부터 납작하고 평평한 코였다면 없더라도 그렇게 이상하지 않지만 날이 서고 빼어난 용모, ― 당연히 중앙에 조각 같은 융기물이 솟아 있어야 할 얼굴에 중요한 것이 뼈인두로 제거된 듯 뿌리까지 모두 사라져 그곳이 납작하고 붉은 상처로 남아 있으니 보통의 추남 얼굴보다 더 추하고 웃겼다. 여자는 그 코 없는 수급의 물기가 흐르는 듯한 검은 머리카락을 정성스럽게 빗질해 머리를 다시 묶어 준 다음, 정확하게 코가 있어야 할 곳 ― 얼굴의 정중앙을 여느 때처럼 미소를 띠며 지켜보고 있었다. 소년이 예전처럼 그 표정에 매료된 것은 말할 것도 없지만 특히 이번에 느낀 감격은 지금까지 없던 강렬한 것이었다. 말하자면 그날 밤 그녀의 얼굴은 완전히 파괴된 남자의 수급을 앞에 두고 살아 있는 자의 자부심과 기쁨으로 빛났으며 불완전에 대한 완전의 미를 구현하고 있었다. 그뿐 아니라 그녀의 미소가 아무리 무심하고 소녀다운 웃음이라 해도, ─ 그렇다면 오히려 더 ─ 그것이 이 경우에는 매우 빈정거리고 극도로 사악하게 보여 소년의 머릿속에 끝없는 공상의 실마리를 주었다. 그는 그 웃음을 언제까지 보아도 질리지 않을 것 같다고 느꼈을 뿐 아니라, 아무리 상상해도 밑도 끝도 없는 망상이 계속해서 솟아나 어느새 그의 영혼을 감미로운 꿈나라로 이끌어 가는 기분이었다. 그는 그 꿈나라에서 그녀와 단둘이 살면서 자기 자신은 그 코 없는 수급이 되어 있었는데, 이 공상은 그의 기호를 상당히 충족시켜 주었다. 그리고 그 어떤 경우보다도 훨씬 그를 행복하게 했다.

그의 환희가 한창일 때, 여자의 얼굴에서 점차 웃음이 사라졌기 때문에 소년은 잠시 멍한 채로 아직도 꿈을 좇으며 넋을 잃은 인간처럼 서 있었다. 여자가 그 수급을 왼쪽 담당자에게 넘기려 하자 갑자기 소년은 적막한 다락방의 침묵을 깨고 말했다.

"어떻게 된 거야, 그거. 그, 네가 든 수급, ─"

호시마루는 어느 때보다 자신의 목소리가 떨리는 것을 느꼈다. 그리고 힘주어 다시 말했다.

"그 수급은 코가 없지 않은가?"

"네, ─ 네."

소녀는 기름으로 번들거리는 손을 목판 위에 대고 귀인에게 응대하기 위해 정중한 자세를 취했다. 그러면서 그녀는 소년의 얼굴을 살짝 쳐다보았지만 곧바로 다시 머리를 숙이고 한층 더 얌전하고 정중하게 인사를 했다.

"코가 베이다니 어지간히 한심한 녀석이군."

그렇게 말했을 때, 소년의 목구멍에서 목이 쉰 노인의 기침같이 아이답지 않은 웃음소리가 나와 그것이 기묘하게 다락방에 울렸다.

"응, 왜 그런 곳을 베인 거지?"

"하지만 저, 이것은 온나쿠비(女首)입니다."

"여자의 목이라고?"

"아니요, 그게 아니라……"

행여나 남자에게 말대답하는 것이 아주 나쁘다고 생각하는 나이여서 그런지 아니면 아까부터 소년이 보이는 모습이나 지금 갑자기 말을 건넨 행동에서 뭔가 범상하지 않은 상대라는 낌새를 느껴서 그런지, 역시나 소녀는 고개를 숙인 채 주뼛주뼛하며 어쩔 수 없이 물음에 대답하는 듯이 말했다.

"저기, '온나쿠비'라는 게 여자의 목을 말하는 것은 아닙니다. 제가 잘 알지는 못하지만 전투가 바빠지면 적을 죽여도 그 수급을 가지고 걷는 것이 힘드니까, 그럴 때 코를 베어 두고 그것을 증거로 삼아 나중에 수급을 찾아낸다고 합니다."

호시마루가 계속 물어오자 소녀는 고개를 깊이 숙이고 거기에 가능한 한 작은 목소리로 설명했다. 예컨대 왜 그것을 "온나쿠비"라고 하는가 하면, 코만 가지고 와서는 그게 남자의 코인지 여자의 코인지 당최 구별되지 않는다는 점에서 생겨난 명칭이라는 것. 코가 전혀 없는 수급은 그다지 바람직하지 않지만 전쟁터에서 서너 개나 적의 수급을 벨 수 있는 용사는 도저히 그렇게 많은 수급을 한꺼번에 들 수 없기 때문에 우선은 증표로 코를 베고 전투가 끝난 뒤에 그 시체를 찾아내 목을 처분하는 것이다. 그것도 어쩔 수 없는 경우에만 허용되는 것이라 원칙적으로 온나쿠비가 들어오는 경우는 드물며 이번 전투에서 그녀들의 손에 들어온 것도 이것 하나뿐이다. ── 소년은 간신히 이만큼의 정보를 그녀 입을 통해 들었다.

  실로 사람의 마음만큼 괴이한 것도 없다. 내가 그때 그 여자와 만나지 않고 또한 온나쿠비를 보지 않고 지나쳤다면 어찌 후년에 그런 천박한 소행(所行)에 몸을 맡겼겠는가. 곰곰이 생각하건대 내 생애에 치욕이 생긴 것은 그 여자의 모습이 그날 밤부터 마음 깊숙이 자리 잡아 아침저녁으로 잊히지 않았기 때문이다. 덧붙여 말하자면, 그래도 그때는 어떻게든 다시 한 번 온나쿠비를 가져와서 다시금 그녀의 웃는 얼굴을 보고 싶다고 생각했다. 이런 생각이 들자 마음이 공연히 급해져서 어느 날 밤 몰래 적진으로 침입하게 되었다.

라고 『도아미 이야기』에는 기록되어 있다.

호시마루가 적진에서
코를 베어 무용을 뽐낸 일

호시마루는 다시 한 번 코 없는 수급을 가져와 그 여자 앞에 두고 보고 싶다는 생각이 들었지만 그의 소망을 성취하기에는 실로 어려움이 많았다. 무엇보다 다른 사람이 온 나쿠비를 가져오길 기대할 수 없으니 스스로 가져와야 했다. 하지만 호시마루는 전장에 나가는 일이 금지되어 있었다. 그건 어떻게 해결한다 하더라도 제2의 난관은 꽤나 이름난 자를 쓰러트려 그 남자의 목과 코를 베어야 한다는 것이다. 그리고 자신이 베었다는 사실은 비밀로 하고 다른 사람 명의로 저 여자에게 전하는 것이다. 전투에서 세운 공은 그 자리에서 그것을 목격한 증인을 필요로 하는데, 이 경우 호시마루는 공을 세우는 것이 목적이 아니라 그저 그녀가 코 없는 수급을 바라보면서 미소 짓는 광경만 보면 되었다. 그러니까 가장 쉬운 방법은 전쟁터에 널려 있는 시체 중에서 그럴듯한 놈을 찾아내 그 목을 베고는 가짜 증인을 조작하거나 잡졸들을 매수하면 되지만 그건 호시마루가 지닌 무사의 양심이 허락하지 않았다. 무사 집안에서 태어나 그런 비겁한 짓은 할 수 없다. 끝까지 자신의 힘으로 적을 쓰러트려야 한다. 그리고 그 녀석의 목을 쳐서 코를 베는 것이다. 호시마루는 누구에게도 지혜를 빌릴 수 없었기에 남몰래 고민에 빠졌다. 그에게는 빨리 비책을 강구하지 않으면 언제 그 여자들이 교체될지도 모른다는 우려가 있었다. 그가 이런 이상한 희망과 계획을 가슴속에서 키워 가는 사이에 한편에서는 적군과 아군이 본성과 두 번째 성벽의 경계에서 매일같이 피투성이 공방을 계속했다. 기세등등한 야쿠시지의 병사들은 조금만 더하면 성을 함락할 수 있다는 생각에 돌담을 넘어와 방어진을 부수고 때때로 본성 안까지 시커먼 덩어리가 되어 밀려 들어왔다. 아군은 필사적으로 막아 내며 조금이라도 적군을 두 번째 성벽 쪽으로 밀어내려 했다. 학살과 성난 목소리, 총포 소리, 울부짖는 소리, 와르르 무너지며 파괴되어 짓밟히는 소리, 사람들이 집단으로 이쪽에서 저쪽으로 움직이며 땅이 울리는 소리가 하루 종일 천둥같이 귓가에 맴돌았다. 진실로 그렇게 굳건해 보이던 오지카야마 성도 이제는 더 이상 버틸 수 없는 형세였다. 아오키 슈젠은 창에 찔린 허벅지를 붕대로 감고 있었는데, 이어서 팔에 부상을 입고도 통증에 굴하지 않고 활약했다. 그리고 아주 가끔 호시마루의 얼굴을 보는 일이 있으면,

"도련님, 무탈하십니까. 유사시에는 항상 말씀드리던 것을 잊지 않도록 하십시오."

라고 비장한 표정으로 말하고는 곧바로 어디론가 사라졌다.

그 말은 언제나 깨끗한 최후를 맞을 수 있도록 할복의 각오를 하고 있으라는 의미인 것 같았다. 여자들도 누구 하나 차분한 사람이 없었다. 그 노파까지도 부상자 간호와 시신 운반으로 바쁜 듯하여 밤에도 모습이 보이지 않았다.

그러나 호시마루는 성과 자신의 운명이 위급해진 것을 전혀 염두에 두지 않았다. 그보다 그에게 더 중요한 것은 성 안이 혼란에 빠져 그의 행동이 완전히 자유로워지는 일이었다. 지금으로서는 성안 사람들의 눈을 피해 빠져나오는 일이 어렵지 않다. 어떻게 해서 적의 진지에 잠입할 것인지가 문제였다. 어느 날 밤 — 이라고 하는 것은 그 이상한 경험을 하게 된 두 번째 밤, 호시마루는 몰래 성 뒤쪽 계곡으로 내려와 성곽 밖으로 통하는 샛길로 나갔다. 그의 생각으로는 적 대부분이 지금 성의 두 번째 성벽과 세 번째 성벽에 모여 있으니 외곽을 둘러싼 포위망 너머 본진 쪽은 분명 대비를 게을리 하고 있을 것이고, 병사도 많지 않을 터였다. 그러니 이 길을 통해 적의 본진 뒤에 도달한다면 반드시 좋은 기회가 있으리라는 심산이었다. 그는 무언가 첫 출진 때 무사가 느끼는 두근거림을 느꼈다. 그의 눈에는 그 미녀의 미소와 코 없는 수급들이 어른거렸다.

소년이 그 산길로 향한 때는 지금 시각으로 말하면 밤 2시 무렵의 일이었다. 매일 밤 그가 다락방을 다닐 때마다 창백한 빛을 선사하던 달이 그날 밤에도 오지카야마 산 위에서 소년의 그림자를 또렷하게 비추었다. 호시마루는 여자가 성을 빠져나오는 듯 보이게 하려고 천 조각을 머리 위에 뒤집어썼는데 자신의 그림자가 새하얀 지면 위에 해파리처럼 둥둥 떠다니는 모습을 보면서 걸어갔다.

적 진영은 두 달 동안 성을 공격하기 위해 2만 기에 달하는 대군이 있어야 할 장소였기에 그만한 시설도 갖추고 있었다. 오지카야마 성은 뒤쪽으로 겹겹이 산악 지대가 이어지고 성이 있는 앞쪽만 평지를 향해 반도처럼 돌출하였기 때문에 적은 그 반도의 끝자락을 말발굽 형태로 포위하며 꾸불꾸불하고 긴 진형을 만들어 냈다. 그리고 진영의 가장 바깥에는 울타리를 만들고 오 간이나 십 간 정도 거리마다 화톳불 피우는 장소를 두었다. 울타리 안쪽으로는 망루 등을 곳곳에 설치해 널빤지로 이루어진 임시 거처 — 지금으로 말하면 급조한 막사 같은 거처를 여러 채 만들어서 거기에 대장 이하의 병사들을 머물게 하였다. 호시마루는 샛길을 지나 말발굽 형태 상부의 벌어진 틈으로 일단은 포위망에서 벗어나 적의 진영 뒤편을 우회하여 마치 말발굽의 맨 아래 부분, 성의 정중앙과 마주 보는 본진 뒤편으로 나와서 마침내 울타리 일부를 부수고 안으로 잠입하는 데 성공했다. 물론 보통의 경우라면 그렇게 쉽게 잠입할 수 있을 리 없지만, 역시 예상한 대로 병사들 대부분이 세 번째 성벽과 두 번째 성벽 내부에 들어가 있어서 진영 쪽은 인원도 적었고 감시병들도 경계가 허술했다.

소년은 성안 생활에는 익숙해져 있었지만 진영 안을 몸소 본 것은 오늘 밤이 처음이었기 때문에, 울타리 안으로 몰래 들어온 것만으로도 작은 호기심을 만족시킬 수 있었다. 그는 이미 진중에 들어온 이상 여장을 하는 것이 오히려 의심을 살 만하다고 생각해 쓰고 있던 천 조각을 작게 접어서 품속에 넣었다. 그리고 선명한 달빛을 담아내는 막사의 새까만 그림자 사이를 마치 나는 새처럼 몸을 날려 돌아다니면서 늘어선 막사 처마에 몸을 숨기고 하나하나 살펴보았다. 소년에게 다행인 것은 화톳불 불빛이 달빛 때문에 효과를 발휘하지 못하고 하얀 연기처럼 보이는 것이었다. 게다가 모든 곳을 비추는 달이 지상을 온통 은빛으로 반사시켜 투명한 가을밤 공기 속에서 어떤 미세한 것까지도 모두 반짝반짝하고 눈부시게 빛나도록 하여 감시자의 눈을 방해하였다. 소년은 어디서는 화톳불을 둘러싼 채 웅크리고 앉은 파수병 옆을 빠져나가고 어디서는 망루 바로 아래쪽에서 띠처럼 이어진 그림자를 이용해 지나다녔지만 낌새를 눈치챈 사람은 아무도 없었다. 성안 병사들은 이미 본성까지 밀려들어갔으니 감시병들도 방심하고 잠들어 있었을 것이다. 혹시 두세 명 정도 낌새를 알아차렸다 하더라도 시중을 드는 어린 무사가 달빛에 들떠서 어슬렁거리는 것이라 생각했을 터다.

각각의 막사 주위로는 휘하 장졸의 문양을 새긴 진막(陣幕)이 둘러져 있었으며, 막사 입구에는 푯말이 세워져 있고 깃발, 깃발 꽂이, 긴 장대 같은 것들이 주위에 놓여 있었다. 호시마루는 그것들을 하나씩 살펴보다가 우연히 동그란 문장이 붙어 있는 훌륭한 막사를 발견하고 그 앞에서 발을 멈추었다. 왜냐하면 그것이 야쿠시지탄조의 문양이니만큼 그 막사가 대장의 본진임에 틀림없기 때문이다. 소년은 막

을 들추고 들어가 막사 벽에 몸을 기대어 잠시 내부의 기척을 살폈지만 아무런 소리도 들리지 않았다. 막사 뒤를 둘러보니 그곳은 마구간이었는데 대장이 타는 것 같은 말 대여섯 마리가 매어져 있었고 지금은 그 말조차도 편안히 잠들어 있었다. 호시마루는 전혀 생각지도 못한 공명의 기회가 느닷없이 찾아왔음을 느꼈다. 그의 목적은 온나쿠비를 얻는 데 있지, 반드시 대장의 목을 필요로 하지는 않았다. 하지만 이런 천재일우의 기회를 놓쳐서는 무사의 면목이 서지 않는다. 말이나 깃발 등이 쌓여 있는 것을 보면 짐작하건대 마사타카는 성을 공격하는 데 가담하지 않고 이 막사 안쪽에서 자고 있을지도 모른다. 운이 좋으면 총대장의 목을 베어 무공을 세울 수 있다. ── 이런 생각이 소년의 모험심에 박차를 가했다. 그는 어른과 같은 침착함과 담력으로 조용히 뒤편의 출입문을 열었다. 그런 다음 복도 마루를 지나 안방이라고 생각되는 쪽을 향해 나아갔다.

　　주변은 캄캄했지만 막사를 둘러싼 목판 사이로 스며드는 달빛에 의지해 나아가자 복도 막다른 곳 근처의 문틈 사이로 불빛이 새어 나오는 것을 발견했다. 소년은 그 문을 조금 열어 보았다. 그 안은 두 칸으로 구분되어 있었는데 호시마루가 엿보는 방은 안방에 붙은 곁방으로 보였고, 정확히 그와 동년배의 남자 시종 두 명이 잠들어 있었다. 안방과 곁방 사이에는 칸막이가 세워져 있었는데 불빛은 칸막이 저쪽편에서 새어 나오고 있었다. 호시마루는 잠든 시종들의 숨소리에 신경 쓰며 발끝을 세운 채 곁방을 지나 칸막이에 다가가 안방에 잠들어 있는 무사의 얼굴을 보았다. 그 방의 넓이는 다다미 수로 열 장 정도[20]였다. 조잡한 형태이긴 하지만 머리맡에는 임시로 도코노마(床の間)[21]가 설치되어 있었고, 그 위에 하치만 대보살(八幡大菩薩)의 그림이 걸려 있었다. 도코노마 옆에 놓인 궤 안에는 부동명왕(不動明王)이 안치되어 있었다. 그 실내 장식과 함께 칼과 칼걸이에도 금가루나 은가루로 그림을 그려 넣은 사치스러움으로 보아 이곳이 보통 사무라이의 거처가 아니라는 사실은 의심의 여지가 없었다. 하물며 이 남자는 대장을 나타내는 묶음 머리를 매끈하게 빛나는 흑색 베개 위에 올려놓고 돈스(緞子)나 린즈(綸子)라고 불리는 비단 잠옷을 입고 있었다. 호시마루는 마사타카의 나이나 풍채에 대해 아무런 예비 지식도 가지고 있지 않았지만 보아하니 이 남자는 쉰 살 전후 같았다. 이마가 넓고 품위 있는 계란형 얼굴에다 매끈한 피부가 우아한 이목구비를 감싸고 있어서 잠자는 얼굴로 판단하면 무사라기보다는 귀족과 같은 인상을 주었다. 요즘 무사라면 대개 햇빛에 그을린 튼튼한 피부를 하고, 어딘가 전쟁터를 돌아다닌 것 같은 모습인데 이 남자의 얼굴 피부는 거무스름하지만 마치 거울을 닦아 낸 듯 들여다보노라면 기름종이처럼 윤기가 흘렀다. 이런 피부는 비를 맞고 바람에 휩쓸려 가며 말 위에서 세월을 보내는 무사의 것이 아니라 깊은 규중에서 자라, 시가(詩歌)와 관현(管絃)의 즐거움밖에 모르는 귀

---

20 다다미 한 장의 넓이는 1.62평방미터이므로 열 장은 대략 16평방미터를 뜻한다.

21 방의 위쪽 바닥을 한층 높게 만들어 벽에는 족자를 걸고 바닥에는 꽃이나 장식물을 놓아 꾸미는 공간.

인의 것이다.

그러고 보면 야쿠시지탄조 마사타카라는 남자는 관령 하타케야마 씨의 사람이기는 하지만 그 부친부터 대대로 주인 하타케야마 씨를 능가하는 기세를 지녀서 신하의 몸이지만 때로는 쇼군의 의지를 좌우하기도 한 권력자였다. 그가 높은 자리에 오른 것은 주로 아버지 덕분으로, 그 자신은 특별히 과거에 화려한 무훈을 세운 것도 아니고, 오로지 아버지가 쌓아 올린 유리한 기반을 바탕으로 언변과 기지와 같은 재능을 활용해 세태를 교묘하게 파고들어 하극상까지 일으킨 것이니, 영주라고는 하지만 절반은 벼슬아치의 풍모가 몸에 배어든 멋모르는 아류에 지나지 않았다. 대체로 당시 교토의 무사는 쇼군을 시작으로 모두가 어느 정도 귀족들의 영향을 받아 나약한 생활 습관을 따라 하고 있었는데 마사타카 같은 자도 와카는 잘 읊는 반면, 전쟁은 그렇게 잘하지 못한 듯하다. 그래서 이번 공격에도 총대장으로 출전은 했지만 아군의 우세함을 믿고 의지한 채 이렇듯 자신은 안락하게 침실에서 잠들어 있었던 것이다. 호시마루가 본 것은 바로 그런 남자의 잠든 얼굴이었다.

소년은 아마도 마사타카 본인이라고 추정되는 인물의 용모에 일종의 허망함을 느꼈다. 분명 이 남자는 한 지방의 영주다운 품격과 관록을 갖추었지만 왠지 상냥한 남자의 느낌이라 2만 대군을 호령하는 무사다운 위풍은 없었다. 그가 상상한 적의 총대장은 아버지 데루쿠니나 오지카야마의 잇칸사이에게서 공통적으로 드러나듯이 강철 같은 근골과 왕성한 정복욕에 불타는 용맹한 얼굴을 지니고 있어야 했다.

그런데 이런 가냘픈 모습이라면 자신이 바로 베어 버릴 수 있을 것 같아 조금은 긴장감이 없었다. 하지만 호시마루는 결코 그것 때문에 낙담이나 실망하지는 않았다. 자신의 무용을 뽐내고 능력을 보여 주는 것이 목적이라면 그런 불만도 있을 수 있겠으나 그의 눈은 다른 지점을 관찰하며 남자의 얼굴을 바라보고 있었다. 그 얼굴 한가운데에는 모양도 좋고 세련되며 연약해 보이는 귀족적인 코가 달려 있었다. 호시마루의 위치에서는 위쪽으로 향한 남자의 양쪽 콧구멍이 보였는데, 살집이 적고 세로로 길게 찢어진 두 개의 콧구멍만 보아도 알 수 있었다. 귀족의 코가 지니는 특징은 콧등이 조금 활처럼 휘어져 콧날의 존재가 피부 아래로 희미하게 보인다는 점이다. 만일 이런 코를 이 얼굴에서 제거한다면 그 파괴 작용이 일으키는 괴기미의 정도가 저 다락방에 있던 온나쿠비와 비교해도 전혀 뒤떨어지지 않을 것이다. 그때의 수급이 젊은 미남자의 것이기는 했지만 이것은 적어도 적의 총대장 몸통에 붙어 있고, 그때와 마찬가지로 아름답고 섬세하며 기품이 충만하다는 점에서 나이가 조금 들었다는 단점을 충분히 보완하고도 남았다. 아니, 아마도 이것이 그때 것보다 훨씬 유혹적인 코였을 테며, 한차례 그 다락집 광경에서 향락을 맛본 소년이 군침을 흘리기에는 충분했다.

보고 있자니 등불이 막사 틈새로 새어 들어오는 바람에 흔들릴 때마다 그 높은 콧대가 얼굴 반면에 드리운 검은 그림자도 함께 흔들렸다. 등불 상태에 따라 때때로 그림자가 커지거나 코가 있는 곳 전체를 어둡게 만들었다. 잠시 코

가 보이거나 보이지 않기도 했다. 그 불빛의 장난은 소년에게 계속해서 무언가를 부추기는 듯했다. 코를 베기도 전에 이미 베어진 모습을 보여서 그를 재촉하는 것이다. 한시라도 빨리 코를 베고 싶었다. 호시마루는 다시금 그 미녀의 수수께끼 같은 미소를 떠올렸다. 이 얼굴을 코 없는 수급으로 만들어 그녀 무릎 앞에 두고, 그녀 시선에 노출시켰을 때의 쾌감을 생각하면 어떤 것과도 바꾸지 못할 것 같은 기분이 들었다.

나이에 비해 체중과 근력이 있는 호시마루는 검술에도 자신이 있었다. 그는 누워 있는 남자의 베갯머리를 걷어차고는 칼에 손을 대는 것보다 더 빠르게 일어나려 하는 상대의 상반신 위로 뛰어올라 깔고 앉아서는 한 번에 목을 찔렀다. 그가 사용한 단검은 아버지 데루쿠니에게서 받은 가네미쓰의 검이었는데 무기보다는 소년의 솜씨가 더 훌륭했다. 한 번 찌른 것이 정확하게 급소를 명중해 칼을 뽑은 뒤에도 거의 피를 뒤집어쓰는 일 없이 빠르게 마무리되었다. 깨끗하고도 민첩해 스스로도 예상하지 못했던 일이었다. 상대는 목소리를 낼 겨를도 없었기 때문에 호시마루가 본 것은 당황한 눈동자와 무슨 말을 외치려고 열렸던 입과——그리고 잠시 뒤에 고통에 일그러져 얼어붙은 듯 죽어 있는 얼굴이었다. 하지만 이때 호시마루는 뒤에서 닥쳐오는 칼날의 낌새를 느꼈다. 곁방에서 자던 두 소년이 같이 달려든 것이다. 그러나 조금 전의 재빠른 처리로 자신감을 얻은 그는 몸을 돌려 도코노마로 올라가서는 하치만 대보살의 그림을

72

등 뒤로 두고 자세를 잡았다. 이 위치가 그를 유리하게 이끌었는데, 도코노마 앞 공간의 절반이 시체나 비단 잠옷, 잠자리 도구 등으로 채워져 적을 자연스럽게 한쪽으로 몰아 버린 것이다. 남자 시종들은 갑자기 주군의 죽음을 목격하고, 그것도 죽인 사람이 자신들과 다를 바 없는 소년이라는 사실을 알고는 완전히 이성을 잃었다. 그들은 도코노마 위로 올라가 실력에 자신 있는 사람이 아니면 보이기 힘든 침착함으로 적을 기다리는 호시마루의 모습을 갑자기 땅 밑에서 솟아난 괴물처럼 바라보았으리라. 이들은 처음 기세와는 달리 조금씩 경계하며, 그리고 주인의 시체를 밟지 않기 위해 크게 돌면서 도코노마 쪽을 향해 갔다.

칼끝을 세우고 다가온 두 소년은 도코노마 앞까지는 함께였지만 그 위로 올라가려고 할 때는 겁이 난 쪽이 뒤로 처졌다. 호시마루는 먼저 올라온 소년의 거동을 주시하며 그 한쪽 다리가 도코노마를 가로지른 가로대에 걸린 찰나에 갑자기 오륙 자 정도의 거리를 좁혀 와 칼을 뿌렸다. 다다미 한 장 정도를 사이에 두고 구석에 서 있던 자가 맹렬히 칼을 휘두르자 놀란 시종이 발을 뒤로 빼려 했고, 이때 도코노마 가로대의 높이가 호시마루에게 이득이 되었다. 그는 지금의 일격이 상대의 어깨를 깊이 파고 들어간 것을 보고는 상대를 꽉 껴안듯이 해서 두 번째 칼을 옆구리에 찔러 넣었다. 그리고 상대가 피투성이가 되어서도 커다란 배가 가라앉을 때처럼 쓰러지지 않으려고 버티는 사이에 또 다른 소년에게 달려들었다. 가엾은 이 소년은 이미 정신이 나가 싸우려는 의지도 없었지만 주군을 따른다는 일념 하나로 서 있었던 것이다. 그는 호시마루의 매섭게 내리치는 칼날에 눈을 감고 두세 번 합을 교환했다. 그러나 그것은 이미 포기했지만 어쩔 도리가 없어 울면서 저항하는 모습이었다. 호시마루는 상대의 칼을 떨어트린 뒤에 소년을 차서 쓰러트리고는 가슴을 찔렀다.

두 시종이 쓰러지자 그는 처음으로 시체 옆에 웅크리고 앉아 왼손으로 상투를 붙잡고 오른손으로 목을 자르려 했는데 이때 여러 명이 복도를 달려오는 발소리가 들렸다. 생각하건대 소년이 이런 일을 벌인 시간은 그 행동이 아무리 기민했다 하더라도 십오 분 내지 이십 분 정도였으리라. 안방 근처에는 아무도 상주하지 않았던 것으로 보였지만 조금 떨어진 방에 있던 무사들이 소리를 듣고 달려 나온 것이다. 호시마루에게 지금은 잠시도 지체할 수 없는 상황이었다. 그러나 시체 몸통에서 목을 잘 잘라 내는 일은 살아 있는 사람을 찔러 죽이는 것만큼 간단한 일이 아니어서 배후에서 들리는 사람들 소리를 듣자 오히려 당황했다. 목 부분에 찔러 넣은 칼끝이 뼈에 걸려 있는 동안에 어느새 곁방까지 들어온 자가 있었다. 도망치려면 지금이다. 그의 계획은 지금까지 기적적으로 성공했으나 마지막에 와서 목적을 포기하지 않으면 죽임을 당하게 되었다. 소년은 억울한 마음에 이를 갈면서 체념한 채 단검을 뽑았지만 그 순간 어떤 생각으로 그랬는지 갑자기 시체의 코를 도려냈다. 그리고 그 고기 조각이 바닥에 떨어진 것을 반사적으로 주워 들고는 반대편의 미닫이문을 열어젖히고 도망쳤다.

무릇 영웅호걸의 전기를 읽다 보면 왠지 하늘이 그 사

람의 운명을 특별히 가호하여 그 덕분에 때때로 범인은 생각지도 못할 위험에서 벗어나 무사히 호랑이 굴에서 탈출하는 것처럼 보이기도 한다. 예컨대 호시마루의 경우도 그 일례로, 그가 도망치는 와중에 시체의 코를 베어 간 것이 아쉬운 마음을 달래기 위함이었는지 아니면 적어도 목적의 일부를 달성했다는 기분 때문이었는지 혹은 아무리 대담한 소년이라도 그때는 당황하여 발생한 결과인지, 아직도 그 점을 분명히 알 수 없다. 어쨌든 그가 코를 가지고 도망치지 않았다면 잡혔을지도 모른다. 왜냐하면 이건 정말 추측에 지나지 않지만, 아마도 침실로 들이닥친 무사들은 주군의 얼굴에서 중요한 게 없어진 걸 발견하고는 한편으로 범인을 쫓으면서도 범인이 그걸 가져갔을 리 없고 싸우다 생긴 상처 때문에 떨어졌으리라고 생각해, 다른 한쪽에서는 잠시 동안 방 안을 돌아다니면서 주군의 얼굴 파편을 찾고 있었을 것이기 때문이다. 그래서 처음에 소년을 쫓아 나간 사람은 두세 명에 불과했다. 게다가 그들은 앞서 달려가는 소년의 모습을 자신들과 함께 온 소년 시종 중 한 명으로 착각한 것 같았다. 호시마루는 간발의 차이로 위험을 모면한 뒤 외곽 울타리를 아직 넘어가기 전에 곳곳의 망루에서 일시에 나팔을 불고 북을 치는 소리를 들었다. 그와 동시에 여기저기 막사에서 잠을 깬 사람들이 일어나 갑자기 진영 안이 소란스러워졌는데 그 혼란이 그에게는 한결 더 좋은 상황을 만들어 주었다. 그는 추적자의 수가 늘어나는 것을 보여 주는 횃불 사이를 교묘하게 빠져나가다가 마침내 자신도 횃불을 들고 추적자 행세를 했다. 자신의 손에 횃불이 있으면 자기

모습이 오히려 다른 사람에게 잘 보이지 않는다. ── 소년은
지혜롭게도 그 이치를 깨닫고 불을 눈속임으로 사용했던
것이다. 그리고 능숙하게 바깥으로 탈출하자 바로 그 자리
에서 횃불을 버리고 오륙 정[22]의 거리를 달린 후 천 조각을
뒤집어쓰고는 끝없이 이어지는 밝은 달빛 속으로 녹아 들어
갔다.

22   1정은 60간이므로 대략 300간에서 360간. 약 650미터.

적과 아군이 의심하여 망설이고
야쿠시지의 병사가 성의 포위를 푼 일

역사의 기록에 따르면 야쿠시지탄조 마사타카는 덴분 18년[23] 10월 오지카야마 성을 공격할 때 진중에서 병을 얻어 포위망을 풀고 교토로 돌아왔는데, 그 후 열흘 정도 뒤에 아부라코지(油小路) 저택에서 병사했다고 되어 있다. 하지만 이 얘기가 사실이 아닌 것은 『도아미 이야기』나 『밤에 보신 꿈』에 비추어 볼 때 의심의 여지가 없다. 다만 그 당시 사건의 진상을 알던 사람은 측근에서 모시던 극히 소수의 사람들과 성안의 호시마루 한 사람뿐이었다.

어쨌든 그날 밤 호시마루가 도망친 지 얼마 되지 않아 본진 일부에서 화재가 났다. 그 불꽃은 오지카야마 성에서도 바라볼 수 있었는데 진영 한 채가 불탄 정도로 금세 진화되었다고 한다. 생각하건대 이것은 측근 중 누군가 사려 깊은 사람이 있어서 한밤중의 소동을 화재로 돌리기 위해 일

---

23   1549년.

부러 지른 불이었으리라. 무슨 말을 하더라도 총대장이 방심한 결과 살해당한 것은 불찰이며, 범인을 놓쳐 버렸으니 간부급 무사들은 당황했을 터다. 아니 그보다 그들은 당장 코가 어딘가에 떨어져 있지 않을까 하고 혈안이 되어 찾고 있었다. 코가 없는 것은 목이 없는 것보다 처리하기가 곤란하다. 오케하자마(桶狹間)의 이마가와 요시모토(今川義元)[24]도 적을 능멸하다가 목숨을 잃었지만 목은 나중에 되돌려받았고 물론 코도 제대로 걸려 있었다. 그런데 목을 베지 않고 코만 잘라 갔다는 것은 이루 말할 수 없는 치욕이며 아군에게도 알릴 수 없는 일이다. 그래서 우선은 현장을 본 사람에게는 입단속을 시키고 나팔과 북으로 소란을 피운 것은 화재 때문이었다고 했던 것 같다.

그러나 그런 식으로 아군 병사들을 속였다 하더라도 적을 통해 사실이 알려지지는 않을까. "마사타카의 소중한 물건이 생각지도 못하게 저희 손에 들어왔습니다만, 이것은 분명 필요할 것 같으니 돌려 드립니다."라고 말하며 공손하게 코를 바친다며 적의 군사(軍使)가 들이닥치는 건 아닐까. ── 야쿠시지 쪽의 노신들은 이를 염려해 내심 움찔했다.

---

24 전국 시대의 영주로 현재 시즈오카현 일대를 본거지로 했으며 활의 명수로 알려져 있다. 이마가와 가문의 전성기를 이끌었으나 오다 노부나가의 공격을 받고 전사했다. 오케하자마 전투는 현재의 아이치현에서 이루어진 오다 노부나가와 이마가와 요시모토의 전투며, 일본 3대 기습으로 일컬어진다. 노부나가의 가신 모리 요시카쓰(毛利良勝)가 요시모토의 목을 베어 노부나가에게 바쳤으며 노부나가는 그 수급을 가져와 다른 이들에게 보여 주었는데, 이후 요시모토의 가신 오카베 모토노부(岡部元信)가 교섭을 통해 요시모토의 수급을 찾아와 다이쇼지(大聖寺)라는 사찰에 매장하였다고 전한다.

그리고 날이 밝자 넌지시 공격을 느슨하게 해서 성안을 살펴보았지만 계속 성안에서는 아무 낌새도 없고, 공격이 느슨해지자 성안도 이상하게 가라앉았다. 그러자 노신들은 다시금 꺼림칙해서 무슨 계략이 있는 것은 아닌지 의심하기도 했다. 사람에 따라서는 대장의 침소를 덮친 것은 성안에서 온 간자의 소행이 아니라 도적이거나 혹은 주군에게 개인적 원망을 품은 인간일지도 모른다, 무사의 소행이라면 코를 베는 무의미한 장난을 할 리가 없으니, ─ 라고 주장하는 이도 있었는데 그것도 이치에 맞게 들렸지만 역시 성안의 무사가 목을 벨 여유가 없어서 코를 가져간 것이니 머지않아 그것을 조롱거리로 삼을 것 ─ 이라고 생각하는 자도 적잖았다.

병사들이 성안의 상황을 알아보는 사이에 성안에서도 승기를 잡은 포위군이 갑자기 공격을 멈춘 까닭을 알 수 없어서 마찬가지로 꺼림칙했다. 그들은 교토 쪽에서 정변이 일어나기를 간곡히 바라며 싸우고 있었는데 별로 그런 정보도 없었고 여기까지 몰고 온 병사들이 성의 함락을 눈앞에 두고 쉽게 손을 떼지는 않으리라 생각했다. 그런데 오늘 아침 일찍부터 적군의 진이 묘하게 조심스러워지더니 공격의 북도 울리지 않고 이쪽에서 총을 쏘아도 상대를 하지 않은 채 침묵하는 것은 왜일까. 그러고 보니 어젯밤 적 진영에 불이 난 것 같으니 어쩌면 뭔가 이변이 생겼을지도 모른다고 첩자를 보내 봤지만 도무지 이유를 알 수 없었다. 어쨌든 무슨 일이 일어난 것은 틀림없다고 성안에서는 잇칸사이를 비롯해 중견급 무장들이 모여 회의를 했지만 모두가 대충 짐작만 할 뿐이라서 그 자리에서도 결론이 나지 않았다. 차라리 이쪽에서 죽기를 각오하고 치고 나가자는 주장도 있었지만 적에게 어떤 속셈이 있는지도 모르는데 그것도 위험하다며 조만간 상황을 알게 될 테니 적이 움직이기 전에는 꿈쩍도 하지 말라는 것으로 그날 회의는 끝났다. 이런 까닭으로 적도 아군도 의심하는 마음에 사로잡혀 있는 와중에, 호시마루는 지난밤의 실패를 생각하면서 고뇌하고 있었다. 그는 그때 자신이 죽인 남자가 적의 총대장이라는 사실을 아직 모르고 있었는데 오늘 아침부터 갑자기 공격의 기세가 둔화된 것을 보고서야 비로소 납득했지만 자신의 공명을 기뻐하며 다른 사람에게 말할 기분은 아니었다. 어렸을 때 그저 순진한 기분으로 약간의 장난을 쳤던 것이 원인이 되어 뜻밖의 사건을 야기해 어른들을 야단법석 떨게 하는 일이 종종 있다. 그런 경우에 사건의 불씨가 자신이라는 사실을 가르쳐 주면 많은 사람들에게 도움이 될 수 있지만 꾸중 듣는 것이 무섭거나 이제 와서 말하기도 싫어서 아무도 눈치채지 못하게 언제까지나 모른 체하고 끝내고 만다. 호시마루도 그것과 비슷한 기분이었다. 적의 동향이 바뀐 것은 자신이 어젯밤에 이런 일을 했기 때문이라고 보고하면, 아군은 비로소 생기를 되찾아 쓸데없는 걱정에서 벗어날 수 있을 테고 무엇보다 호시마루 자신이 얼마나 면목이 서겠는가. 소년의 몸으로 그런 일을 했다는 것이 알려지면 아버지 데루쿠니와 잇칸사이에게 얼마나 칭찬을 받을지, 그런 것을 생각하면 말을 꺼내고 싶어서 근질근질하기도 했지만 그가 한 일은 실로 우연히 일어난 것이며 그 이면에 숨겨진 부끄러운 동기가 알려질 일을 생각하면 몹시 두려웠다. 게다가 증인도 없으니 보고한다고 해서 누가 믿어 줄 것인가. 어젯밤 성안으로 도망쳐 돌아왔을 때 바로 보고했으면 믿어 주었겠지만 그는 잠자리에 들기 전에 피 묻은 옷 등을 전부 다 화톳불 속에 던져 버리고 오히려 증거를 없애는 데 힘썼다. 지금 있는 유일한 증거로는 종이에 싸서 품에 간직하고 있는 코뿐이지만 그것을 꺼내면 그의 소중한 비밀이 폭로될 것은 자명했다.

그런 것보다도 호시마루는 어젯밤에 그토록 순조롭게 진행되던 일이 마지막 고비에서 어긋나 버린 것이 안타까워서 견딜 수 없었다. 아마도 적 진영에서는 어젯밤을 계기로 내부 경계를 삼엄하게 할 것이기 때문에 두 번 다시 그렇게 순조롭게 잠입할 수는 없을 것이다.

그는 때때로 사람이 없는 것을 확인하고는 품속에서 그 고기 조각을 꺼내어 아무도 모르게 공상에 잠겼다. 그의 뇌리에는 코를 베이던 순간의 시체 얼굴이 또렷이 각인되었고 그 고기 조각을 꺼낼 때마다 더욱 선명하게 기억나긴 했지만, 그래도 그 목을 떠올리면 또 한 번 훔치러 가고 싶은 생각부터 들었다. 어쨌든 총대장의 시체이니 그것은 지금도 진영 안쪽에 정중하게 안치되어 있을 것이다. 호시마루는 그 방의 모습을 상상하고, 거기에 정중하게 눕힌 시체의 품위 있고 섬세하며 맨들맨들한 얼굴을 떠올린 뒤, 그 얼굴의 구멍이 된 중앙부를 상상하고는 마치 그것이 진귀한 보물이라도 되는 양 소유욕에 휩싸였다. 한편 호시마루의 상황도 나빠졌는데, 왜냐하면 양군이 정전 상태에 돌입한 이후 다락방의 여자들도 일을 그만둔 것이다. 이제 그가 그 목을 훔쳐 오더라도 그것을 그 여자 앞에 두고 바라볼 수 있다는 소망은 영원히 사라져 버렸다. 하지만 그 대신에 할 일이 없어진 여자들이 다시 그의 방으로 모여들어 그 노파를 중심으로 원을 그리며 둘러앉아 아침저녁으로 잡담을 쏟아 내기에 그는 때때로 그녀들 자리로 가까이 가서 그 원 안에 앉은 그녀를 훔쳐볼 수 있었다.

그러나 연상의 여자를 남몰래 사모하는 소년의 짝사랑만큼 허무하고 미덥지 못한 것은 없다. 우연히 그의 가슴에 이상한 번뇌의 불을 피우고 사십삼 년에 걸친 그의 기괴한 성생활의 단서가 된 이 여자에 대해 호시마루는 마치 멀리서 꿈을 꾸듯 동경만 할 뿐 거의 이렇다 할 접촉은 없었던 것이다. 그는 기껏해야 겨우 수많은 대화 속에 섞인 그녀의 목소리를 듣고 그 뺨에 미소가 떠오르는 모습을 옆에서 바라보며 그것을 위안거리 삼아 하루를 보냈다. 그러나 이 경우에도 소년은 그 미소를 통해 은밀한 다락방 광경을 환영 속에 그려 냈다. 그냥 봐서는 애교 섞인 웃음에 지나지 않는 그 표정에 잔혹미를 느끼고 그것을 은근히 즐겼으리라. 그는 여자들이 "이제 농성도 끝나는 것 같다."라거나 "어쩌면 이 성도 구원을 받는 것 같다."라고 하는 말을 들으면 오히려 슬퍼졌다. 그는 반대로 이 농성이 하루라도 더 이어지기를, 그리고 조금이라도 더 그녀 곁에 머물 수 있기를 바랐다.

이렇게 적과 아군이 서로 불안을 느끼며 나흘째 대치하고 있었는데 닷새째가 되자 병사들이 마침내 성의 포위를

풀고 진을 물렸다. 야쿠시지의 노신들은 끝내 주인의 코를 발견할 수 없었고, 결국 누구의 소행인지도 짐작할 수 없게 되자 점점 겁이 난 나머지 "마사타카 님의 갑작스러운 병환"이라고 말하며 시체를 가마에 태워 갔다. 이미 그 무렵에는 총대장의 신변에 뭔가 이상이 있는 것 같다는 사실이 양군에 알려져 있었고 어쩌면 이미 죽은 건 아닐까 하고 추측하는 사람도 많았는데, 그 원인이 병이라는 소문을 의심하는 사람은 한 명도 없었다. 하지만 만약 가마를 메고 가는 병사들이 그 안에 있는 '환자'의 얼굴을 잠깐이라도 보았다면 꽤나 놀랐을 것이다. 코가 떨어지는 병의 원인이 되는 세균이 분명 이 시기 전후로 담배와 함께 일본에 전해진 것은 사실이지만 아직 그 당시에는 일반에 알려져 있지 않았기 때문이다.

무주공이 호시마루이던 시절의 일화는 이것으로 끝이지만 이때의 일에 대해 잠시 『도아미 이야기』를 인용해 보자.

두 번째 성벽과 세 번째 성벽에서 적병이 퇴각할 때, 가와고에 진베(河越甚兵衛)가 소탕하러 나섰다. 아군이 빠짐없이 본성에서 나아가 물밀듯이 공격했으나 다른 이의 불행을 이용하는 것은 무사의 바람직한 도리가 아니니 마사타카의 병환을 틈타 공격할 수 없다며 잇칸사이 님이 제지하셨다. 성안 사람들은 죽기를 각오하고 있었기에 모두들 이루 말할 수 없이 기뻐하며 여기저기서 주연을 열어 축하의 술을 마셨다. 그 인질로 온 여인들은 이때 어디로 간 것일까. 청원하여 고향으로 내려가려 한 것은 아닐까. 무주공은 그 여인의 모습을 다시 한 번

보려고 수소문하였지만 결국 볼 수 없었다. 다른 이에게 물었더니 그녀는 이다스루가노카미(井田駿河守)의 딸 데루(てる)라고 말하는 자가 있었다. 그렇지만 농성이 끝난 이후로는 다시 만날 수 없었다. 가여운 무주공은 지금 또다시 적들이 공격해 왔으면 좋겠다고 말씀하셨다.

— "농성이 끝난 이후로는 다시 만날 수 없었다."라고 운운하는 야오야 오시치(八百屋お七)[25]와도 같은 소년의 마음이 정말 딱하지 않은가.

---

25 화재로 절에 피신한 여인 오시치가 미남자를 발견하고 한눈에 반해 다시 한 번 그 남자를 보고 싶다는 마음에 일부러 마을에 불을 질렀다는 이야기로 유명하다. 에도 시대의 작가 이하라 사이카쿠(井原西鶴)의 『호색오인녀(好色五人女)』에 수록된 에피소드로 잘 알려져 있다.

무주공 비화 권 3

호시마루의 관례와 기쿄노카타의 일

호시마루의 관례(元服)는 덴분 21년[26] 임자년 정월 십일 일, 그가 열여섯 살이 되던 봄에 있었다. 당시 호시마루는 아직 오지카야마의 성에서 잇칸사이의 시동으로 지내고 있었다. 『밤에 보신 꿈』에는 관례 의식의 전말이 여자다운 세심한 주의로 기록되어 있지만, 그건 너무 장황하고 번거로우니 자세히 말할 필요까지는 없으리라. 의식은 잇칸사이 저택에서 이루어졌는데 가관(加冠) 역할은 아버지 무사시노카미 데루쿠니가 영지에서 나와 직접 거행했다. 당시 호시마루의 신장은 다섯 자 두 치였는데 처음으로 나가코유이(長小結)의 에보시(烏帽子)를 입고 아버지 뒤에서 걸어가는 모습을 보니 부자의 키가 비슷했다고 한다.

독자는 호시마루의 열여섯 살 때 키가 다섯 자 두 치였다는 사실을 특히 염두에 둘 필요가 있다. 대체적으로 이 시

---

26   1552년.

대 남자의 평균 키가 어떠했는지는 소상하지 않지만 생각하건대 옛날 전국 시대에도 다섯 자 두 치라는 높이는 열여섯 살 소년의 것으로 그렇게 놀랄 만한 키는 아니었으리라. 『밤에 보신 꿈』의 저자 묘카쿠니는 무주공의 용모, 풍채, 체격 등에 대해서 종종 언급하는데 이에 따르면 "즈우인(瑞雲院) 님의 얼굴색은 무쇠와 같고 근골은 어느 누구보다 건장했지만 신장만큼은 크지 않았으며 몸 양옆으로 살이 많았다."라고 적고 있으며, 또 어느 곳에서는 "눈빛은 날카롭고 광대뼈는 크며 입술이 두꺼우니 신장과 비교해 얼굴이 크셨다."라고도 적고 있다. 이러니 어릴 적에는 어떠했든 관례를 전후해서는 그다지 신장이 늘지 않았던 것으로 추정된다. 생각하건대 아버지 데루쿠니의 키가 소년이었던 무주공과 같았다는 점을 보면 신장이 작은 것은 아버지를 닮았기 때문이리라. 그러나 묘카쿠니가 말한 대로 유달리 크고 우람한 그의 용모가 키의 불균형 때문에 더욱 사람을 위압하였으리라는 점은 상상하기 어렵지 않다.

이리하여 호시마루는 아버지 이름의 한 글자를 받아서 가와치노스케 데루카쓰(河内介輝勝)라는 이름으로 같은 해 여름에 잇칸사이를 따라 미즈쿠리 성(箕作城) 공격에 가담해 첫 출전의 공을 세웠다. 그 전투에서 적의 대장 홋타 사자에몬(堀田三左衛門)의 수급을 취했을 뿐 아니라 앞장서서 담을 뛰어넘어 성안으로 들어가니 "가와치노스케를 엄호하라."라고 외치며 잇칸사이가 병사를 격려하여 마침내 성을 함락시켰다. 마침 그때 아버지 데루쿠니는 다몬야마(多聞

山) 성에 있었는데 아오키 슈젠으로부터 자식의 기특한 무용담을 듣고 기쁨의 눈물을 흘렸다고 한다. 잇칸사이도 "오늘의 활약은 신묘하다."라며 그 무용을 치켜세웠지만 "앞으로의 장래가 무서운 자이니 내가 죽은 후에 쓰쿠마(筑摩) 집안의 가운은 어찌 될 것인가."라고 가까운 부하들에게는 은밀히 한숨을 지었다고 전해진다. 이는 창끝의 공명뿐 아니라 지모 담략이 심상치 않다는 게 이미 잇칸사이의 눈에 띄어 경계된 것이다. 『도아미 이야기』 속에서 데루카쓰 자신이 말하는 바에 따르면, 잇칸사이의 장자 오리베노쇼 노리시게(織部正則重) 역시 이 전투에 참가했다. 당시 노리시게는 십팔 세, 즉 데루카쓰보다 두 살 연상이었지만 데루카쓰에 비하면 기량과 풍채가 심히 열등했기에 아버지 잇칸사이가 눈치채고는 내심 깊이 우려하는 모습이 확연하여 데루카쓰는 항상 스스로 조심해 잇칸사이 부자의 의심을 사지 않기 위해 노력했다고 전해진다.

하지만 전장의 용사로서의 데루카쓰를 서술하는 것이 이 이야기의 목적은 아니다. 이상에서 말한 것은 『쓰쿠마 군기(筑摩軍記)』의 「미즈쿠리 성 함락(箕作城落去)」 부분이나 그 외의 군기물에도 모두 기록되어 있는 사실이다. 다만 문제는 어릴 적 호시마루일 때 온나쿠비의 자극이 가져다준 신비한 쾌감, 기괴한 환상, "비밀 낙원을 뒤쫓는 마음"은 그 뒤로 데루카쓰의 뇌리에 어떤 형태로 남아 있었을까? 첫 출전 때의 훌륭한 활약을 보면 열여섯 젊은 무사의 마음속에서는 이미 그런 더러운 기억 따윈 흔적도 없이 사라지고, 불타는 듯한 패기와 야심이 가득한 것 같다. 사실 어릴 때 그가 겪은 저 이상한 쾌감은 아마 누구나 소년 때 한두 번은 경험하는 일이므로, 그만이 아는 비밀은 아니지만, 그것이 사람의 마음을 잠식해 평생의 성생활을 지배할 만큼 병적 경향이 되는 것은, 때마침 알맞은 주위 상황이 갖추어지고 반복적으로 그 감정을 불러일으킨 결과다. 그 때문에 만일 데루카쓰가 호시마루이던 옛날에 온나쿠비를 보지 않았다면, 어쩌면 그는 "비밀 낙원"의 존재를 알지 못하고 지낼 수 있었을 것이다. 또 그때 단 한 번 알았다고 해도, 그 이후 다시 어린 시절의 묵은 허물을 뚫고 나오는 일이 없었다면 그렇게까지 그의 성욕이 기형적으로 뒤틀리지는 않았으리라. 하물며 전국 시대의 천하는 영주의 아들이라도 오늘날의 귀족 자제처럼 한가롭게 나날을 보낸 것은 아니어서 좀처럼 그런 사념과 망상에 빠져들 시간이 없었던 것이다. 그러니 가와치노스케 데루카쓰도 한때는 진정으로 저 한심한 향락으로부터 멀어져 오로지 전장에서 무명을 떨치는 것 외에는 어떤 바람도 없었으리라 해석해도 좋다. 그러나 불행하게도 일단 치유되던 그의 불길한 성벽에 기름을 붓는 한 여성이 등장한다.

쓰쿠마 오리베노쇼 노리시게의 정실 기쿄노카타(桔梗の方)는 오지카야마 공성전 뒤에 "병사"한 야쿠시지탄조 마사타카의 여식으로 노리시게에게 시집을 온 것은 공성전이 있고 이 년 뒤인 덴분 21년, 그녀가 열여섯 살 때였다고 하니 노리시게보다 한 살 아래, 데루카쓰보다는 한 살 연상이었다. 『밤에 보신 꿈』에는,

원래부터 고귀한 신분의 여인이라 와카를 부르거나 악기를 연주하는 것에 능숙하며, 입술은 붉은 꽃과 같고 눈썹은 부용과 같으니, 중국의 양귀비나 일본의 소토오리히메(衣通姬)[27]라 하는 이들도 이렇게 아름답지는 않았으리라.

라고 적고 있지만, 그런 진부한 형용사를 열거하니 과연 얼마나 미인이었던 것인지 분명하지 않다. 그러나 이 정실의 얼굴과 자태가 뛰어나고 아름다웠던 것은 사실이리라. 그녀 어머니는 미모로 명성 높았던 기쿠테주나곤(菊亭中納言)의 여식이며 그녀 역시 어려서부터 어머니에 뒤지지 않는다는 평판을 들었기에 천성적으로 색을 좋아한 노리시게는 일찍부터 그녀와의 혼인을 원했다.

다만 이 혼담의 결정은 쇼군 가문이 중개한 결과였다. 원래 야쿠시지 가문과 쓰쿠마 가문은 수년에 걸쳐 창과 방패처럼 양측 사이에 전투가 그치는 일이 없었다. 특히 덴분 18년[28]에는 마사타카가 대군을 이끌고 오지카야마 성을 포위하여 마침내 잇칸사이가 스스로 배를 갈라 자결을 결심할 정도로 몰아세웠지만 거의 백중세에 가까운 두 세력이 서로 격전을 벌이며 싸워서는 세상이 늘 소란스럽고 나아가 천하 동란의 원인이 될 수도 있으므로 마사타카가 병사한 것을 기회로 삼아 무로마치의 쇼군이 중개하여 쌍방 모두 오랜

<hr>

27 『고사기』와 『일본서기』에 전하는 전설의 미녀. 입은 옷으로 미모를 가릴 수
    없었다는 일화에서 유래하는 이름이다.

28 1549년.

원한을 잊어버리고 화해의 의미로 혼인하게 된 것이다. 당시 야쿠시지 쪽은 기쿄노카타의 오빠인 아와지노카미 마사히데(淡路守政秀)가 가문을 잇고 있었다. 그는 아버지 마사타카의 병사는 사실이 아니며 진중에서 누군가에게 살해되어 시체까지도 참을 수 없는 굴욕을 당했다는 사실을 알고 있었기에 내심 쓰쿠마 집안에 대해 석연치 않은 부분이 있었지만 어쨌든 표면적으로는 다른 뜻이 없는 것처럼 행동하며 쇼군의 중개를 기쁘게 받아들였다. 한편 쓰쿠마 집안에서는 데루카쓰 한 명을 제외하고는 마사타카 죽음의 진상을 아는 자가 없었으므로 아와지노카미의 마음을 의심하지 않고 가문 사람들이 모두 진심으로 이번 화해와 혼인을 기뻐했다. 그중에서도 가장 기뻐한 사람이 신랑인 노리시게였다는 점은 앞에서 서술한 그대로다.

『쓰쿠마 군기』나 다른 기록에 의하면 이 결혼 뒤 일 년하고 몇 개월이 지난 덴분 22년[29] 3월에 잇칸사이가 병사했다. 그리고 지금 생각하면 이 병사에도 다소 의심스러운 점이 있다는 느낌이 들지만 『도아미 이야기』나 『밤에 보신 꿈』에도 이 죽음에 대해서는 어떤 비밀이 있다는 언급 따윈 없다. 쉰셋에 이질로 죽었다고 하니 특별히 이상한 점은 없으나 『쓰쿠마 군기』에는 그 병의 원인이나 경과가 이상하게도 상세히 적혀 있어서 보통의 경우와 다른 부분이 어쩐지 부자연스럽게 보인다. 그러나 여기서는 새삼스레 따지지 말고 바로 다음 사건으로 넘어가자.

29   1553년.

덴분 23년인 갑인년 8월, 쓰쿠마 오리베쇼 노리시게는 영내의 성주 요코와부젠노카미(橫輪豊前守)가 반역을 꾀한다는 소식을 듣고 스스로 칠천 기의 병사를 이끌고 쓰키가타(月形) 성 공략에 나섰다. 이때 가와치노스케 데루카쓰도 노리시게를 모시는 사무라이로 따랐는데 8월 10일 전투 중에 노리시게가 성의 정문에서 열대여섯 장 떨어진 숲의 그늘에 말을 멈추고 군세를 지휘하고 있을 때 갑자기 어디선가 탄환이 날아와 노리시게의 코끝에 닿을 듯 말 듯 살짝 스치며 지나갔다. 노리시게는 "아!" 하고 외치며 무심결에 코를 잡았는데 연달아 두 번째 탄환이 날아와서는 위태로운 노리시게의 코를 얼굴에서 아예 없애 버릴 뻔했다. 적어도 그의 코끝에는 불꽃놀이에서 데인 정도의 물집이 생겼고 속껍질이 찢긴 피부 밑으로 아주 조금 피가 맺혔다. 말 앞에 있던 가와치노스케는 순간적으로 대장의 몸을 감싸 노리시게를 숲속으로 대피시키고 전장을 둘러보는데, 저격된 노리시게의 놀라움도 그랬지만 이 순간 가와치노스케의 가슴속에서도 희미한 불안의 구름이 솟아났다. 사실 노리시게가 놀란 것은 자신의 목숨을 노렸다는 점 때문이지만 가와치노스케에게는 그게 아무리 봐도 그렇지 않은 듯이 느껴졌다. 저격수는 분명히 대장의 코를 목표로 하고 쏜 것이다. 두 발이나 연속해서 같은 방향에서 날아왔고 한 발은 다른 한 발보다 정확했음을 생각하면 분명 우연히 빗겨 간 탄환은 아니라는 점이 명확했다. 더구나 대장의 생명을 노린 것이라면 그 각도에서 쏠 리가 없는데, 탄환은 말 위에 있던 노리시게의 얼굴과 병행하여, 즉 코의 솟아오른 면과 직각을 이루었다. 가와치노스케가 그렇게 느낀 것은 이런 이유 때문만은 아니다. 이 전투 이전에 잇칸사이의 신변에도 이와 같은 불길한 사건이 일어난 적이 있어서 이번이 두 번째 목격인 것이다. 얼마 전의 사건이란 잇칸사이가 병들기 두 달 정도 전인 덴분 21년 12월 지구사가와(千種川) 전투 때의 일로 그때도 탄환은 잇칸사이의 얼굴 전면을 가로로 선을 그리며 날아갔다. 하기야 그때는 한 발밖에 날아오지 않아서 가와치노스케 말고는 마음에 담아 둔 사람조차 없었지만 이렇게 다시 비슷한 사건을 조우한 지금, 가와치노스케의 가슴에 싹튼 불안의 구름 덩어리는 점점 더 크게 번져 갔다. 누군가 전에는 잇칸사이를, 그리고 지금은 그 적자 오리베노쇼 노리시게의 코를 노리는 자가 있는 듯하다. ── 가와치노스케는 적과 아군이 불꽃을 튀기며 싸우는 성난 목소리와 모래바람 속에서 뜻밖에도 오랫동안 잊고 있던 소년 시절의 나쁜 기억을 떠올렸다. 코가 베인 야쿠시지단조의 시체 얼굴 ── 온나쿠비 ── 수급을 바라보는 미녀의 수수께끼 같은 미소 ── 틀에 박힌 그 환영들이 섬광처럼 그의 눈앞을 지나갔다. 동시에 그는 이런 경우 자신이 해야 할 임무를 생각했다. 자칫하면 영혼을 저 멀리 데려가려는 환영의 유혹을 그는 손을 흔들어 쫓아내면서 우선 누구의 짓인지를 알아내려 했다. 이날 성안의 병사가 필사의 각오로 뛰쳐나와 근처의 군진을 하나둘 쓰러트려 갔기 때문에 전장은 아주 격렬한 난투장으로 변해 여기저기서 전선이 엉켜 노리시게의 본진 근처에서도 전투가 벌어지고 있었다. 가장 먼저 탄환이 발사된 쪽으로 시선을 돌린 가와치노스케는 두 장 정도 떨어진 거리에서 가만히 이쪽을 엿보며 서 있는 한 명의 무사를 확인했다. 그는 검은 옻칠을 하고 금색으로 무늬를 넣은 훌륭한 갑옷을 입은 무사로 가와치노스케가 즉각 "저 녀석이다."라고 느꼈을 때, 그 남자는 세 번째 탄환을 발사하려고 자세를 취하다가 서둘러 총을 버리고 달아났다.

가와치노스케는 곧장 쫓아가기에는 거리가 너무 멀어서 상대가 알아채지 못하도록 몸을 숨긴 채 흔적을 쫓았다. 그리고 그 무사가 성 정문 해자 근처에 도달했을 때 아주 가까울 정도로 접근해서는,

"멈춰라."

하고 등 뒤에서 갑자기 외쳤다.

"이런."

하고 말하며 무사는 조용히 돌아서더니 두세 자 뒤로 물러나 섰다. 가만 살펴보니 전후좌우에 은으로 치장한 투구를 쓴 인품이 천해 보이지 않는 사무라이로 갑옷에서 빛나던 금색 무늬는 "용(龍)"이라는 글자였다.

"이름을 밝혀라. 나는 무사시노카미 데루쿠니의 적자, 가와치노스케 데루카쓰."

"아니."

하고 무사는 가와치노스케의 말을 가로막으며 말했다.

"이름을 밝힐 필요까진 없다."

"비겁한 자식. 어째서 총을 사용한 것이냐."

"그런 기억은 없다."

"닥쳐라! 분명 보았다. 총포를 버리고 달아난 것은 네

놈이다."

"사람을 잘못 보았겠지."

"좋다! 언제까지 시치미를 떼나 보자."

말이 끝나기가 무섭게 가와치노스케의 창끝이 "용"이라는 글자를 향해 날아갔다.

가와치노스케의 심산은 이 수상한 무사에게 심각한 상처를 주어 진퇴의 자유를 빼앗은 다음 생포하는 데에 있었다. 적은 처음엔 소년이라 생각해서 얕보는 듯했으나 창끝이 수십 마리의 메뚜기가 날아들 듯 민첩하게 파고들어 조금의 틈도 없이 공격해 오자 서너 합 겨루더니 갑옷 아래의 허벅지를 찔렸다. 가와치노스케가 재차 오른팔을 찌르면서 올라타는 형국이 되자,

"그만."

하는 소리가 아래에서 들렸다.

"이름을 밝혀라."

"아니, 이름은 밝힐 수 없다. 목을 베어라."

"목은 베지 않겠다, 생포해 주마."

무사는 '생포'라는 말을 듣자 고통에도 굴하지 않고 미친 듯이 몸을 뒤흔들었다. 가와치노스케는 누군가 아군이 있지나 않은지 근처를 둘러보았지만 눈에 들어오는 것은 엄청난 흙바람과 그 연기 저편에 노도처럼 밀려와 부딪치는 집단의 그림자뿐이었다. 밑에 깔려 있던 무사는 그사이에 상처 입은 손으로 가와치노스케의 갑옷을 잡아채더니 왼손으로 단도를 뽑아 찌르려고 달려들었다. 이렇게 된 이상 혼자서 생포할 만한 여유가 없다. 가와치노스케는 어쩔 수 없

이 칼끝을 상대의 목에 대며,

"원하는 대로 해 주마. 이름을 밝혀라."

하고 마지막으로 다시 한 번 재촉했지만

"원통하다!"

하고 말한 뒤 상대는 입술을 굳게 다물고 눈을 감았다.

누구의 사주로 노리시게를 노린 것인지 묻고 싶었지만 이자의 태도를 보아하니 도저히 자백할 것 같지 않아서 곧바로 목을 찔러 죽인 뒤 자세히 살펴보았다. 나이는 스물두셋 정도로 용모도 훌륭하고 상당히 지위가 있어 보여 더욱 수상한 생각이 들어서 갑옷 안을 살펴보았더니 비단 보자기를 어깨에서부터 걸친 상태로 몸에 두르고 있었다. 보자기 안을 살펴보니 작은 관음상을 상자 안에 보관해 두었다. 또 그 상자를 둘러싼 종이를 보니 상냥한 여인의 글씨였다. ──『도아미 이야기』에 따르면 그 여인의 글씨로 적힌 내용은 아래와 같았다고 한다.

아버지의 원한을 풀기 위해서는 노리시게 님의 코를 베어야 한다. 무슨 일이 있어도 생명에 지장이 있어서는 안 된다. 이 일을 성사시켜 준다면 둘도 없는 충의라 할 것이다. 삼갈지어다.

덴분 갑인년 7월

즈쇼(図書) 님에게

── 가와치노스케는 전장의 모래 먼지 속에서 그 종이를 펼친 채 멍하니 서 있었다. 그러고 보면 여기 쓰러진 무

사가, 이 글의 수신인인 즈쇼일 터다. 하지만 이 글을 보내 "즈쇼"라는 무사에게 "노리시게 님의 코를 베어라."라고 명한 여인의 글씨는 대체 누구의 것인가. 그저 "즈쇼 님"이라고 적혀 있을 뿐 수취인 이름 아래에 아무런 서명도 없었다. 그런데 "이 일을 성사시켜 준다면 둘도 없는 충의라 할 것이다."라는 말이나 수취인을 아래에 작게 적은 부분에서 알 수 있듯이 이것은 신분 높은 부인이 자신의 이름을 숨기고 아랫사람에게 보낸 것 같다.

만일 이 글이 가와치노스케가 아닌 다른 사람의 손에 들어갔다면 왜 이 부인이 노리시게의 목숨을 노리지 않고 코만 원하는 것인지, 그리고 그게 왜 "아버지의 원한을 푸는" 일이 되는지 영문을 모른 채 제정신이 아니라고만 생각했겠지만 가와치노스케는 이 수상한 필적을 계속 응시하면서 점차 그의 머릿속에서 의문의 구름을 걷어 내기 시작했다.

"기쿄노카타."

그런 생각이 들자 가와치노스케는 갑옷 아래 땀으로 젖은 피부의 털이 곤두서는 것을 느꼈다. 그는 선대 잇칸사이 때부터 쓰쿠마 집안의 사람이 되었지만 원래부터 저택 깊숙한 곳으로는 출입이 허용되지 않았기 때문에 아직 기쿄노카타의 얼굴을 본 적도 없고 미인이라는 소문은 들었지만 그 성정의 선악현우(善悪賢愚)에 대해 아무것도 들은 바가 없었다. 그래서 이 여인의 글씨를 봐도 전혀 알 수 없었지만 글 속에서 여인이 "아버지"라고 부르는 사람은 아마도 자신이 코를 베었던 야쿠시지탄조 마사타카이리라. 그제

야 비로소 이 밀서의 의미를 알 수 있었다. 다른 사람은 몰라도 가와치노스케는 상상이 된다. 생각하건대 기쿄노카타는 죽은 마사타카의 얼굴에 중요한 것이 사라진 사실을 아는 극히 소수의 유족 중 한 명일 터다. 그리고 그걸 더할 나위 없이 억울하게 느껴 아버지의 복수로 쓰쿠마 집안 대장의 얼굴을 아버지의 얼굴과 똑같이 만들고 싶어 하는 것이리라. 그녀가 처음부터 그런 의도로 쓰쿠마 집안에 시집온 것인지, 아니면 며느리가 되고 난 뒤에 그런 생각을 품었는지 알 수 없지만 어쨌든 이런 생각은 그녀 혼자만의 것으로 오빠인 아와지노카미의 뜻은 아니리라. 아와지노카미가 아버지의 비명횡사를 그렇게 한탄했다면 쓰쿠마 집안과 화친할 리 없고 아무리 쇼군이 중재를 했다 하더라도 자신의 여동생을 노리시게에게 시집보내지 않았을 것이다. 게다가 복수 방법이 너무 음험해 남자의 의중에서 나온 것이라고 보기는 어렵다. 아와지노카미라면 그런 비겁한 짓을 저지르지 않고 더 당당하게 했을 것이다. 즈쇼의 시체에서 나온 밀서의 필적이 여자라는 점 그리고 그 앙갚음의 방식이 확실히 여성스럽다는 점으로 미루어 볼 때 이는 기쿄노카타가 가슴에 품고 있던 비책을 '즈쇼'라고 불리는 심복 무사에게 전한 것이다. 그녀는 부모 형제에게도 알리지 않고 아버지의 원수를 가장 비열한 방식으로 되갚으려는 각오였던 듯하다.

　이러한 추측은 가와치노스케의 감정을 전혀 생각지도 못한 쪽으로 이끌었다. 굳이 말하자면 그가 쓰쿠마 집안을 모시는 것은 일시적인 편의 때문이지 대대로 이어져 온 주종 관계에 따른 바가 아니었다. 잇칸사이로부터 받은 양육의 은혜를 생각하면 자연히 노리시게에게 경애심을 품고 그를 위해 충의를 다하려는 마음을 가지고 있었다. 이 점은 이때까지 다른 가신들과 다르지 않았다. 따라서 가와치노스케는 이번에 예기치 못하게 손에 넣은 중요한 밀서를 통해 노리시게에게 닥칠 재난을 미연에 방지할 수 있게 된 것을 기뻐하며 곧 이 일을 노리시게에게 고해야 했으며 그게 의무였음에도 불구하고 그의 마음은 그렇게 굴러가지 않고 실로 이상한 방향으로 나아갔다. 왜냐하면 그의 가슴속에 오래전부터 잠들어 있던 온나쿠비에 대한 동경이 갑자기 명료한 형태로 나타났기 때문이다. 그는 오지카야마 성 깊은 곳에 사는 교토 출신 부인의 얼굴에 옛날 다락방에서 본 그 소녀의 옅은 미소가 포개지는 것을 상상했다. 아직 본 적도 없는 존귀한 신분의 부인이지만 은근히 정원의 빛을 반사하는 금빛 장막에 둘러싸여 발 안에서 바깥의 동정을 소리 없이 살피며 조용히 사방침에 기대어 있을 그 싸늘하고 아름다운 이목구비를 상상했다. 기쿄노카타가 코 없는 노리시게의 모습을 보면서 창백한 얼굴로 미소 지을 것을 상상하면 다락방의 그녀보다 더 강한 매력이 느껴졌다. 왜냐하면 예전의 그녀는 이다쓰루가노카미라는 자의 딸에 지나지 않았지만 이 여인은 기쿠테추나곤의 피를 이어받은 태생부터 고귀한 공주님이다. 그리고 쓰루가노카미의 딸은 간혹 무의식적으로 내비친 미소가 대조적으로 잔인한 느낌을 주는 데에 그쳤지만 이 여인의 품위 있는 뺨에 나타날 것은 이루 말할 수 없이 싸늘한 냉소다. 겉으로 정숙함을 포장하면서도 마음 깊숙이 복수의 쾌락을 만끽하는 인간이 지니는 기분 나쁜 웃음이다. 가와치노스케는 그런 무서운 집념에 사로잡힌 부인을 생각하고 또 한편으로는 그녀 계략에 농락당해 평생 불구로 살아가는 남편 노리시게를 상상했다. 이렇게 "미"와 "추"를 나타내는 두 얼굴을 나란히 떠올리면 그것이 그에게 주는 광적인 기쁨이란 다락방 때의 그것과는 비교가 되지 않았다. 그는 예전에 자신의 목이 잘리더라도 감각만 살아 있다면 그녀 무릎 앞에 놓여져 그 손에 만져지는 것이 야말로 더할 나위 없는 행복이라고 생각했지만 이제는 자신에게 가장 익숙한 한 남자가 현실 속에서 살아 있는 온나쿠비가 되어 그의 아내로부터 차가운 시선을 받는 것, ― 그 광경을 언젠가 눈앞에서 보는 것이 반드시 불가능한 일은 아니었다.

　　독자 여러분도 아시다시피 원래 일본의 역사서, ― 특히 무가의 정치가 확립된 가마쿠라 이후의 것은 영웅호걸의 언행을 기록하는 데에만 신경을 써서 그 이면에서 그들을 조종했을 법한 부인의 개성에 대해서는 전혀 인정하지 않고 있다. 그래서 기쿄노카타도 세상에 전해지는 『쓰쿠마 가보』나 당시 군기물에 언뜻 보이는 기술을 모아서 그녀의 혈통과 혼인 및 서거한 시기, 노리시게 사이에서 일남 일녀를 두었다는 사실 따위를 확인하는 것은 가능해도, 그녀가 데루카쓰와 마음을 합해 노리시게를 무너뜨린 사실에 대해서는 『쓰쿠마 군기』 속에 아주 조금, 그저 암시하는 한두 줄의 문구만 있을 따름이다. 거기에 어떤 내막이 숨겨져 있는지, 사실 그녀가 어떤 성정을 지닌 사람이었는지, 정사(正史)를 통해 그 사정을 알아내기란 매우 힘들다. 보통 무주공처럼 피학적 성욕을 지닌 사람은 상대 여성을 자기 마음대로 상상하기 때문에 실제로는 그 부인이 그가 말하듯 잔인한 여자가 아닌 경우도 많다. 기실 기쿄노카타가 남편을 불구로 만들었다는 사실도 무주공이 참회하는 『도아미 이야기』의 기술과 묘카쿠니가 적은 『밤에 보신 꿈』의 관찰이 서로 달라서 어떤 면에서는 전혀 다른 사람이라는 느낌마저 든다. 전자에 의하면 태생적으로 학대를 좋아하는 경향이 있었던 것 같지만 후자에 따르면 아버지의 치욕을 되갚겠다는 일념에서 무서운 욕망을 품게 된 듯싶다. 그럼에도 불구하고 평소에는 귀부인에게 어울리는 상냥한 마음씨를 지닌 것으로 보이며, 이쪽이 진상에 가깝겠지만, 묘카쿠니가 직접적으로 이 부인을 알았던 것은 아니어서 어느 정도 삼가며 글을 쓴 것 같다. 어쨌든 가와치노스케는 부인이 남편을 자신의 손으로 불구로 만들어 이를 바라보고 즐기면서 같이 산다는 것이 지니는 잔인성에 무엇보다 기이한 성욕이 일어남을 느꼈다. 그래서 그는 이때부터 열심히 그녀의 열성적인 숭배자이자 숨은 조력자가 되어, 노리시게에 대한 충성심은 헌신짝처럼 내던져 버렸다.

이후에 은밀히 전하는 말에 따르면 즈쇼라는 인물은 야쿠시지 집안의 신하인 마토바 사에몬(的場左衛門)이라는 자의 자식이었다. 어머니가 기쿄노카타의 유모였으니 같은 젖을 먹고 자란 형제인 셈이다. 이자는 세상에 널리 알려진 철포의 명수였는데 일찍이 기쿄노카타의 명을 받들어 쓰키카타 성에서 모반이 있었을 때 일부러 섬기던 주군을 떠나 교토에서 내려와 요코와부젠(橫輪豊前) 휘하에 들어갔다고 한다. 이러하니 지난날 잇칸사이를 노린 것도 이자의 소행임이 틀림없다. 이자의 목은 전장에 버리고 관음상이 든 상자와 종이만을 아무도 모르게 품에 넣어서 진영으로 돌아왔다. 기쿄노카타가 역심을 품은 것은 누구도 알지 못했다. 내가 쓸데없이 용기를 부려 애석하게도 이자를 베어 버림으로써 그녀의 뜻을 방해하게 된 점은 내가 잠시 진상을 알아차리지 못한 탓이지만 이제부터는 은밀히 손을 내밀어 둘도 없는 조력자가 되어 그녀의 소망을 이루게끔 하겠다고 마음먹었다.

즉, "노리시게의 코를 없앤 채 살려 둔다."라는 데에 가와치노스케의 병적인 욕망과 기쿄노카타의 복수심이 예기치 못한 만남을 이룬 것이다. 그래서 그 목적 달성에 가장 중요한 인물이었던 즈쇼를 죽여 버린 것이 두 사람에게는 불편을 초래하게 되었지만 머지않아 노리시게에게 우스꽝스러운 일이 일어나는 계기가 되었다.

언청이가 된 쓰쿠마 노리시게와
여인의 화장실

덴분 24년[30] 을묘년 봄, 쓰키가타 성 전투로부터 반년 정도 지난 3월 중순의 일이었다. 오리베노쇼 노리시게는 오지카야마 성 안쪽 정원에서 벚꽃놀이 연회를 벌이며 모처럼 만발한 벚꽃그늘 주변에 장막을 두르고 양탄자를 깔고 앉아 부인이나 시녀들과 함께 술을 마시며 노래와 음악을 듣는 흥에 취해 있었다. 연회는 아침부터 시작해 저녁 무렵 하늘에 으스름달이 뜰 때까지 이어졌는데 정원 여기저기 등불이 등장할 즈음, 잔뜩 취한 노리시게가 자토(座頭)[31]에게 북을 치게 하고는 스스로 노래하며 춤을 추었다. 춤이 마지막에 이르러,

꽃을 수놓은 비단옷의 허리끈은

---

30   1555년.
31   음악 연주나 안마, 침술을 직업으로 삼던 맹인.

풀어놓아도 좋지 않은가
버들나무 가지의 흐트러지는 마음을
벌써 잊어버렸는가
잠자리에서 헝클어지는 머릿결 모습

하고 춤을 마무리하려는 때였다. 느닷없이 어디선가 화살이
날아와 노리시게의 얼굴을 옆으로 스쳐 지나가며 아슬아슬
하게 그의 소중한 코를 벚꽃과 함께 떨어트리는 것처럼 보
였지만, 코보다 조금 아래쪽에 닿아 윗입술의 튀어나온 부
분에 상처를 입혔다.

"웬 놈이냐!"

노리시게는 육칠 간[32] 정도 떨어진 건너편 벚꽃나무 가
지에서 검은 그림자가 뛰어내려 도망치는 모습을 확실히 본
것 같은 느낌이 들어 피가 흐르는 입을 손으로 누르고는 곧
바로 큰 소리로 외쳤지만, ─ 아니 외치려고 했지만 ─ 어째
서인지 발음이 흐릿해져 생각처럼 말을 할 수 없었기에 매
우 당황했다. 그래서 다시 한 번,

"저놈이다! 저쪽으로 도망갔다!"

하고 소리쳐 보았지만, 역시 이상하게도 갓난아이가 말하듯
이 혀가 돌지 않는 무의미한 소리만 흘러나왔다. 윗입술 살
과 잇몸이 찢어져 그 고통으로 입술이 제대로 돌아가지 않
고 숨이 상처를 통해 바깥으로 빠져나와 버린 탓이었다. 그
러나 당시 그는 얼굴 한가운데서 피가 줄줄 흘렀기 때문에

32   약 10.8m~12.6m

코를 맞았는지 입을 맞았는지 판단이 서지 않았다. 그리고 자신이 말하는 것을 스스로 알아들을 수 없다고 느끼고는 매우 당혹스러워했다.

그 근처는 좀처럼 남자들이 출입할 수 없는 장소였기 때문에 마침 같이 있던 시녀들이 곧장 범인의 뒤를 쫓았다. 그러다가 사무라이들도 달려와 넓은 정원 구석구석을 샅샅이 뒤졌지만, 범인은 어떻게 몸을 숨겼는지 전혀 발견되지 않았다. 그건 전혀 납득이 가지 않는 기괴한 일이었다. 왜냐하면 이 안쪽 정원은 성의 한가운데에 있어서 여기까지 숨어 들어오려면 몇 개의 요충지를 지나야 한다. 분명 이 일대는 남자가 들어올 수 없는 여인들만의 섬이지만 바깥에는 군데군데 병사들이 서서 밤낮없이 눈을 반짝이며 감시한다. 만약 길을 아는 사람이 뒤쪽 산길을 통해 성 중앙까지는 몰래 들어온다고 해도 정원까지 잠입하는 일은 쉽지 않다. 성 안의 무사라 해도 이중 삼중의 관문을 지나야만 여기에 올 수 있다. 잠입한 것만 해도 신기한데 정원 안 어디에서도 찾을 수 없는 것이다. 바깥으로는 도망칠 수 없을 테니 반드시 내부에 숨어 있다는 생각에 밤새도록 수색이 이어져 정원은 물론 성안의 방이라는 방, 천장, 복도, 마루 밑까지 조사하고 돌아다녔지만 모두 헛수고로 끝나 버렸다. 그 때문에 사람들은 한층 더 불안에 사로잡혀 병사의 수를 늘리고 야간 경비 순찰을 빈번하게 했지만 한 달이 지나고 두 달이 지나도록 결국 범인의 정체는 알 수 없었고 또 이후로는 어떤 사건도 일어나지 않았다.

가문의 무사들은 다행히 주군의 생명에 지장이 없는 것을 기뻐하면서도 그 사건 이래로 주군을 배알한 이들은 누구나 주군이 가엾다는 생각을 했다. 상처가 아물고 난 뒤 처음으로 뵙게 되어 살펴보니 주군 얼굴이 원래와 달리 언청이(兎脣)가 되어 있는 것이다. 물론 이 정도의 부상이 깊은 상처는 아니다. 입술의 선이 약간 불규칙해졌을 뿐 일상생활에는 지장이 없고 전쟁터에서 무기를 가지고 싸우는 것도 보통 사람처럼 할 수 있다. 다리나 눈에 이상이 있는 것과 비교하면 생리적인 장애는 적은 편이므로, "별 탈 없는 모습을 뵈어 황송하고 기쁘기 그지없습니다."라고 모두 인사를 올리지만 주군의 얼굴을 제대로 바라보는 사람은 한 명도 없이 전부 머리 숙여 인사할 뿐이었다. 게다가 이들은 크게 당황했는데 주군의 말을 때때로 알아들을 수 없었기 때문이다. 상처가 낫는 만큼 점점 그것도 고쳐지긴 했지만, 윗입술 한가운데가 삼각으로 찢어져 있는 데다 앞니가 두세 개 사라져 버려서, 어떤 종류의 소리는 마치 코로 흥얼거리는 사람의 말처럼 명료함을 잃었다. 생리적 장애라면 우선 이것만이 유일했다고 말할 수 있다.

그러나 이런 점은 익숙해짐에 따라 당사자도 주위도 전혀 신경 쓰지 않게 되었다. 오리베노쇼 자신도 처음에는 확실히 낙담했지만, 언젠가부터 신하들도 자신의 얼굴을 아무렇지 않게 봐 주게 되었고 말도 잘 알아듣게 되어서 나쁜 기분은 잊어버리고 주군이나 신하나 당연한 상황이라 여기게 되었다. 그중에 절름발이에 애꾸눈이었던 야마모토 간스케(山本勘助)의 예를 들어 신체 기관에 부족함이 있는 것은 오히려 위용을 더하는 것이라는 식으로 수완 좋게 이야기하는 자도 있었다. 점점 오리베노쇼 본인도 위안을 얻어 "그것도 그렇군."이라고 생각하게 되었다. 하지만 냉정하거나 심술궂은 자의 눈으로 보면 우스꽝스러운 것을 아무도 우습게 느끼지 않는 점이 실은 가장 우스꽝스럽다. 가와치노스케는 가신 일동이 완전히 익숙해지면 익숙해질수록 노리시게의 얼굴이나 말씨가 점점 더 이상한 느낌을 준다고 여겨, 그 입술 주위를 바라보노라면 아무리 마음을 고쳐 잡아도 이 사람에게 충의를 다해야겠다는 생각이 들지 않았다. 반대로 그 얼굴의 추악함은 기쿄노카타에의 애절한 사모의 마음을 한층 더 강하게 하였다. 가와치노스케는 기쿄노카타의 외모와 자태를 한 번이라도 엿보고자 했는데, 혹시 가능한 일이라면, 그녀 혼자 있는 것보다는 그녀와 이 언청이 다이묘가 단둘이 침실에서 마주하고 있는 광경을 보고 싶어서 견딜 수가 없었다. 이 불쌍한 용모의 주군이 기괴한 소리를 내면서 달콤한 말을 건넬 때, 주군의 사랑하는 아내인 기쿄노카타가 배 속에서 치밀어 오르는 우스움을 참고 음험한 악의를 숨기면서 방긋이 미소를 띠어 보인다. ── 밤마다 반복되고 있을 안쪽 침실의 그런 모습이 노리시게 앞에 나타날 때마다 싫든 좋든 망상이 되어 떠올랐다. 상단에 앉은 노리시게의 뒤쪽 어둑한 벽면에 가끔씩 고귀한 여인의 어렴풋한 얼굴이 환상처럼 떠오르는 기분마저 들었다.

가와치노스케는 오리베노쇼의 얼굴을 재료 삼아 망상하며 시간을 보냈지만, 그렇다고 해도 그 안뜰에 숨어들어 화살을 쏜 사람이 누구인지는 자신도 짐작하기 힘들었다.

독자는 분명 가와치스케가 아닐까 의심하겠지만, 사실 그렇지는 않았던 듯싶다. ── 않았던 듯싶다, 라고 말하는 이유는 전후 사정으로 그를 의심하는 것이 자연스럽기는 하지만 『도아미 이야기』나 『밤에 보신 꿈』에서 후술하는 것처럼 다른 사람이 있었다고 하기 때문에, 우선은 그 문헌들에 기재된 바를 믿는 편이 온당하다. 그 문헌들은 무주공의 비사(祕事)에 대해 어두운 면을 상당히 자유롭게 쓰고 있으므로, 만일 이 행위가 공의 소행이었다고 판단되면 공을 감싸거나 곡필(曲筆)하거나 할 이유가 없다. 게다가 이때는 아직 무주공과 기쿄노카타가 연락을 주고받지 않았다. ── 연락을 하지는 않더라도 음지에서 몰래 장난을 칠 가능성도 크지만, 그러나 부인과 소통하지 않고서는 도저히 일을 성사하기 힘들었을 터다. 공은 대체적으로 변태적인 정욕에 휩싸이면 평소와는 완전히 모순된 인간이 되지만 원래는 매우 남성적이고 호장웅위(豪壯雄偉)한 무장이다. 이 당시의 공은 아마도 스스로 장난을 치고 싶은 정도의 충동은 느꼈겠지만 직접 손을 써서 그런 비열한 짓을 할 만큼 병적 경향이 강하지는 않았다고 여겨진다. 무주공 ── 가와치노스케는 사실 그 즈쇼라는 무사를 죽이고 부인의 계획을 좌절시킨 일을 몹시 아깝게 생각하고 있었는데 마침 이 사건이 생긴 것이다. 그는 현장에 있지 않았기에 자세한 사정은 알지 못했지만 부인이 지금도 여전히 계획을 버리지 않았을 뿐 아니라 본인을 위해서 제2의 즈쇼 역할을 해 줄 사람이 있다는 사실을 금세 알아차렸다. 물론 그 남자? ── 혹은 여자? ── 가 어떻게 안뜰에 잠입했고 어떻게 사라졌는지는 알 수 없지만 어쨌든 부인이 준 돈과 비호로 가능했다는 점만은 확실했다. 그리고 화살이 노리시게의 입술을 찢은 것은 코를 잘못 조준하여 아래로 향한 것으로 보였다. 그렇다면 부인은 남편을 언청이로 만든 정도에 만족하는 것일까. 아니면 코를 말살해 버릴 때까지 몇 번이라도 습격을 계속할 것인가. ― 가와치노스케의 관심은 결국 거기로 향할 수밖에 없었다.

같은 해 6월 여름이 한창일 때, 어느 날 밤 노리시게가 부인과 같이 편히 쉬며 바람이 잘 통하는 툇마루에서 술을 마시고 있는데, 갑자기 정원 앞 나무숲 사이로 화살이 날아왔다. 화살은 노리시게의 얼굴을 향해 완전히 그 전과 같은 각도, 똑같은 방향에서 날아들었는데 조용한 밤에 휙 하고 바람을 가르는 소리가 났으므로 위급함을 느낀 노리시게가 반사적으로 얼굴을 돌리면서 몸을 피했다. 만일 그러지 않았다면 이번에야말로 그의 입술 위에 돌출해 있는 물건을 그대로 평평하게 만들어 버렸을지도 모른다. 그럼에도 불구하고 그가 몸을 피하는 것보다 화살이 달리는 속도가 빨랐기 때문에 상처가 없지는 않았다. "앗!" 하고 말하며 그가 상체를 뒤로 젖히고 오른쪽에서 오는 화살을 피하려고 목을 왼쪽으로 트는 순간, 그것이 얼굴 오른쪽 반면을 스치면서 거기에 돌출해 있던 살집과 연골을 ― 요컨대 그의 오른쪽 귓불을 가지고 가 버렸다.

즉시 시종들 중 한 조가 노리시게를 간호하고, 다른 한 조는 나기나타(薙刀)[33]를 들고 정원으로 달려갔음은 말할

33   에도 시대 무가의 여인들이 사용하기도 했던 언월도. 왜장도(倭長刀)라고도

것도 없다. 꽃놀이 사건에서 벌써 석 달이나 지났고 이후로는 어떤 일도 일어나지 않은 데다 범인을 색출하기도 힘들어서 다소 방심하던 시기이긴 하지만 예전 경험으로 주도면밀하게 강화했던 경계망이 바로 와해되어 버렸다. 하지만 범인은 하늘로 날았는지 땅으로 꺼졌는지 이번에도 발견할 수 없었다.

노리시게의 부상은 생리적 장애가 적다는 점에서 전과 같았다. ── 아니 전보다도 더욱 가벼웠다. 입술과 함께 귓불이 찢어진 것은 외견상 큰 타격이지만 하나밖에 없는 코가 사라지는 것보다는 이쪽이 오히려 나았다. 물론 이대로는 얼굴의 좌우 형태가 불균형하니 언청이나 코가 없는 사람보다 더 나쁘다는 의견도 있을 수 있지만 그 점은 사람들의 생각에 맡기도록 하자. 그런 것보다 오지카야마 성내 인심의 불안과 동요가 컸다. 꽃놀이 때의 범인과 이번 범인은 십중팔구 동일 인물로 보아야 하는데, 그때부터 지금까지 저택 깊숙이 숨어 있었다면 이것은 아무래도 내부자의 소행이다. 남자가 출입할 수 없는 구역이지만 잡무를 맡아 보는 관리나 하인 들은 출입이 허용되므로 우선은 그쪽부터 신체검사나 신원 조회가 시작되어 점점 위쪽의 여자 시종들에게까지 이르렀다. 가장 유력한 혐의를 받은 쪽은 '오쓰보네사마(お局様)'나 '오헤야사마(お部屋様)'라고 불리는 측실 부인들이었다. 왜냐하면 대개 다이묘는 정실부인보다 첩들을 총애하는데 오리베노쇼는 마음에 둔 사람을 아내로 맞이한 덕에

불린다.

부부 사이가 좋았다. 그가 두세 명의 측실을 둔 이유의 절반은 그 무렵 영주들의 습관이고 나머지 반은 자신의 호색 취미에 지나지 않았다. 실제로 정실부인은 두 명까지 아이를 낳았지만 측실들은 한 명도 얻지 못한 것을 보아도 얼마나 측실들이 무시받고 살았는지 알 수 있다. 그래도 예전에는 가끔씩 기분이 동할 때면 그녀들을 방문하는 경우가 있었지만 최근 그의 용모에 불행한 재난이 닥치고부터는 밤마다 거의 정실부인 옆에 붙어 있고 그녀들에게 얼굴을 보여 주는 일을 싫어하는 기색마저 있었다. 이런저런 이유로 그녀들 중 질투심 깊은 자가 유력한 용의자로 지목되어 엄중한 신문을 받았는데 마땅한 증거가 없음이 밝혀져 이런 노력도 물거품이 되고 말았다.

이렇게 되자, 수색을 단념해 버린 것은 아니지만 범인을 밝히는 일이 조금은 어려워졌다고 생각해서 향후 사건이라도 예방하기 위해 전보다 더 강화된 감시와 야간 경비를 시행하고 초소의 수를 늘리는 등 호위 무사들에게 매월 감독 임무를 맡겼다. 이렇게 또 두 달 정도 지난 가을 무렵의 어느 날, 초소 관리 임무를 손꼽아 기다리던 가와치노스케에게 운 좋게 기회가 돌아왔다. 그러고 보면 가와치노스케야말로 비밀을 아는 유일한 인물이니 그보다 더한 적임자는 없는 노릇이지만 그가 그날을 손꼽아 기다린 까닭은 당연히 음모의 증거를 찾아 노리시게에게 충성을 보이기 위함이 아니다. 초소라고는 하지만 기쿄노카타가 거주하는 곳과는 상당히 떨어져 있기 때문에 훔쳐보기는커녕 간접적으로 연락을 닿게 하는 일조차 어렵지만, 은연중에 그녀를 사모하게 되어 조금이나마 그녀와 가까운 곳에 가서 그녀가 사는 건물의 기와나 벽의 색깔 같은 것을 보고 싶었던 것이다. 그래서 운 좋게 임무를 맡은 가와치노스케는 그 뒤로 매일 밤 안쪽 건물을 둘러싼 외벽을 배회하며 감시자의 배치를 감독하는 한편, 안방에서 있을 이상한 부부의 대조를 상상하며 늘 하던 망상에 빠져들었다. 그리고 낮에도 건물 아래 햇빛이 잘 드는 곳에 기대어 맑은 가을 하늘을 올려다보며 혼자서 몽롱히 환상을 좇거나 했다. 전쟁터에 나가서는 무쌍의 용사인 그도 그럴 때면 필시 한 명의 시인이 되었으리라. 어쨌든 그 근처는 성안에서도 가장 구석진, 제일 한적한 구역이라 어쩔 수 없는 연정을 가슴에 간직한 청년이 스스로의 공상을 이야기 상대로 삼아 무료한 시간을 보내는 데는 너무나 적합한 장소였다. 전에도 말한 적이 있듯이, 이 쓰쿠마 집안의 성은 험난한 오지카야마 산을 이용한 산성으로, 성이라고는 하지만 이후의 아즈치(安土) 성처럼 서양 건축술을 가미한 것이 아니라 순수하게 중세 일본 방식으로 지어졌다. 내부 구역도 지형의 제한 탓에 규모는 크지만 불규칙한 면이 있어서 전체적인 구조 안에 숲이나 계곡이 있거나 작은 하천이 흐르기도 했다. 부인이 있는 안쪽 건물은 독립된 하나의 언덕인데 거기서부터 표주박 모양처럼 또 하나의 큰 언덕이 이어져 있었고, 거기에 노리시게와 무사들이 기거하는 건물이 있었다. 이 두 언덕을 잇는 표주박 모양의 구불구불한 곳에는 두 건물을 연결하는 긴 복도가 있었는데 그 복도 중간쯤에 삼나무로 만든 문이 있어 남녀의 영역을 구분했다. 그러니까 신발을 신지 않고 남자 세계에서 여자

세계로 갈 수 있는 통로는 이 복도 하나뿐이었다. 병사들이 감시하는 구역이란 안쪽 건물이 세워진 언덕 주위 전체였는데 이것이 상당히 넓었다고 한다. 언덕 꼭대기의 평지 둘레에는 흙담이 하나 있고 그 옆으로 가파른 낭떠러지가 있었는데, 낭떠러지 아래는 산의 원래 모습을 그대로 놔두어서 초목이 자라 웅성하고 곳곳에 깎아지른 절벽이 있거나 엄청난 원시림이 형성되어 있었다. 그래서 그 근처에 가면 인적이 드문 심산유곡을 헤매는 기분마저 들었다.

어느 날 오후, 가와치노스케는 여느 때처럼 돌담 밑의 한적한 장소에 내려와 나무뿌리에 걸터앉아 망연자실하고 있었는데 그의 눈은 자연히 낭떠러지 위 우뚝 솟은 흙담을 지나 울창하고 빽빽하게 들어선 정원 숲속 나뭇가지와 그 사이로 보이는 건물 지붕으로 향했다. "아! 저 근방이, 부인이 계시는 곳이구나."라고 생각하면 이렇게 근처까지 와 있는데도 불구하고 그녀의 충실한 부하가 되어 주군의 은혜를 저버리는 어떤 일이라도 할 수 있다는 자신의 각오를 전달할 길이 없음에 원망스러우면서도, 동시에 그런 까닭으로 사모하는 마음이 더욱 깊어져 갔다. 그때 그의 눈은 어찌할 수 없는 그리운 마음에 젖어 돌담에서부터 지붕이 있는 쪽 사이를 계속해서 지켜보았는데, 문득 돌담 가장 아래쪽 땅과 붙어 있는 부분 한곳에만 이끼가 없다는 사실을 알아차렸다. 그는 처음엔 아무 생각 없이 바라보았지만 전체적으로 이끼가 붙은 돌담에서 유독 거기만, 무려 자세히 보니 사람이 긁어낸 것 같은 자국이 있고 게다가 그것을 감추기 위해 주변 이끼도 조금씩 뜯어낸 흔적이 있었다. 가와치노스케는 일어나서 이끼가 가장 많이 사라진 돌의 표면을 두세 번 두드렸다. 그러자 그 돌 안쪽이 텅 빈 것 같은 소리가 들렸다. 그는 다른 돌을 비교해서 두드려 보면서 조금씩 확인해 갔다. 계속 살펴보니 그 수상한 돌을 움직여 다시금 원래 장소로 돌려놓은 사람이 있는 듯했는데, 그 부근의 흙이 흐트러져 있거나 풀이 꺾여 있거나 했다. 마침 손가락을 넣기 좋을 만한 틈새가 있어서 시험 삼아 거기에 손가락을 넣어 흔들어 보니 쉽게 흔들리지 않을 것 같은 돌덩이가 뒤엉키며 빠졌다. 가와치노스케는 이게 뭐지, 라고 생각했다. 돌을 빼낼 수 있다는 것이 이치에는 맞다지만 거기에 걸맞게 제법 무거운 느낌이 있어야 하는데, 그것 하나만은 다른 돌의 절반보다 얇게 잘라져 있고 안쪽으로 길이 일고여덟 치 정도의 손잡이 역할을 하는 부분까지 있었다. 이것은 분명히 내부에서 손으로 돌을 원래 장소에 돌려놓기 위해 만들어 둔 것이다. 돌을 뺀 구멍의 크기는 간신히 목과 어깨가 겨우 들어갈 정도였다. 가와치노스케는 차고 있던 칼을 풀고 우선 몸만 굴에 들어가듯 밀어 넣었다. 다 들어간 지점에서 어느 정도 여유가 생겼기 때문에 거기서 손을 뻗어 칼을 다시 수습하고 손잡이를 잡아 돌을 원래 위치로 돌려놓았다. 안쪽은 완전히 어두운 상태가 되었지만 어느 정도 포복해서 나아갈 만한 길이 있었고 어느 지점에서는 급경사의 돌계단이 있기도 해서 자연스럽게 길을 인도해 주었다. 그는 그런 상태로 꽤 오랫동안 땅속을 기어다닌 것처럼 느꼈다. 그것이 몇 간이며 몇 정 정도인지 정확히 거리를 측정하는 일은 힘들었지만 마지막에 이르러 그 지하도는 직각으로 교차하는 세로 통로와 만나면서 끝이 났다. 손이 닿는 곳의 돌을 주워 세로 통로에다 떨어트려 보니 그 통로는 매우 깊었다. 가와치노스케는 자신이 지금 어떤 장소에 왔는지 그때 비로소 짐작할 수 있었다.

조금 지저분하지만 여기서 당시 고귀한 부인이 사용하던 화장실 구조에 대해 설명하는 것을 허락해 주기 바란다. 옛날 요시와라(吉原)[34]의 어느 유명한 유녀는 엽전 꾸러미를 털 달린 곤충에 비유해 자신의 고상함을 뽐냈다고 하지만, 다이묘 집안에서 태어난 귀부인들은 돈을 모르는 것은 물론이고 자기 몸에서 배설하는 것조차 평생 다른 사람에게 보이지 않은 데다 물론 자신도 보지 않았다. 그럼 어떻게 하는가 하면, 화장실 밑에 깊은 통로를 만들어 놓고 자신이 죽으면 그 통로도 막아 버리는 것이다. 생각하건대 대변의 처치 방법으로 이보다 더 고상한 것은 없다. 무수히 많은 나방의 날개를 쌓아 둠으로써 고형물을 떨어트리는 동시에 그 것이 날개 안으로 숨어들게끔 만들었다는 예운림(倪雲林)의 화장실은 사치스러움에 놀랍기는 하지만, 청소하는 인부에게조차 보이지 않고 해결할 수 있다는 점에서만큼은 도저히 앞서 말한 경우에 당할 수 없다. 저 헤이안 시대 궁정의 미녀는 색을 좋아하는 헤이주(平中)를 유혹하기 위해 정향나무 열매가 자신의 배설물인 양 모조했다는 일화가 있지 않은가. 적어도 귀부인이라 불리는 사람에게는 그 정도의 소

---

34 에도 시대에 존재했던 홍등가.

양이 있었던 것이다. 그에 비하면 현대의 수세식 화장실 등은 청결하고 위생의 취지에는 부합하지만 누구보다 자기가 그것을 똑바로 보게 되므로 노골적이며, 다른 사람이 없을 때에도 예의가 있어야 한다는 점을 잊어버린 천박한 고안이라고 말할 수밖에 없다.

하지만 이런 통로는 귀족 부인이나 공주에게만 허용된 것이고 안쪽 저택의 공주님은 아직 두 살이므로 이 통로를 이용하는 사람은 한 명밖에 없다. 즉, 가와치노스케가 도달한 곳은 부인의 화장실 바로 아래였던 것이다.

무주공 비화 권 4

기쿄노카타가 가와치노스케와
대면하여 음모를 꾸미다

아아, 후년의 효웅(梟雄) 무사시노카미 데루카쓰, 초상
화로도 알 수 있듯이 당당한 영웅의 모습을 지닌 무주공이
지금은 기쿄노카타의 화장실 바로 아래에 있는 갱도의 어둠
속에 두더지처럼 웅크리고 있다니! 그 모습이 얼마나 부조
화스러운 일인가. 아마 가와치노스케, 무주공 본인도 극히
곤란한 위치에 있는 자신을 발견하고 잠시 눈살을 찌푸렸으
리라. 그가 아무리 기쿄노카타를 사모한다 하더라도 이런
통로를 빠져나가면서까지 자신의 욕망을 성취하려는 것은
그녀의 존엄에 상처를 입히는 행위며 무사의 체면과도 관련
된다. 그런 문제들을 묵인하더라도 어떻게 하면 기쿄노카타
를 놀라게 하지 않고 만나는 것이 가능할까. 그녀가 놀라서
비명을 지르거나 실신이라도 한다면 모처럼 얻은 좋은 기회
가 소용없어지고 마는 것이다. 하지만 이때 하나의 상상이
가와치노스케에게 용기를 주었다. 만일 이 지하도가 예전부
터 범인의 통로로 사용되었다고 한다면 여기서 사람이 뛰쳐

나오더라도 기쿄노카타에게는 그리 놀라운 사건이 아닐 터다. 아울러 꼭 무례라고 생각하지도 않으리라. 적어도 예상하지 못한 남자가 나왔다고 해서 도움을 요청할 정도로 경솔하게 굴지는 않을 것이다. 그렇게 생각하니 그의 호기심과 모험심이 갑자기 강해졌다.

가와치노스케는 그의 머리 위에 고귀한 부인이 군림하기를 잠시 기다렸지만 너무 오래 그 갱도에 머무를 수는 없는 노릇이라 그날은 공허하게 되돌아갔다. 그리고 사흘 동안, 처음 그날과 거의 같은 시각에 돌담 아래로 몰래 다가가 구멍을 통해 지하도로 잠입해 매일 한 시간 정도 끈기 있게 갱도 가장자리에서 숨을 죽이고 있었다. 이런 젠코지(善光寺)의 지옥 순회와도 같은 그의 인내심 어린 노력이 마침내 결실을 맺은 것은 사흘째 오후였다고 한다. 그는 마루 위에 부드러운 발소리가 나면서 어두운 갱도에 희미하게 불빛이 스며드는 것을 알아채고는 우선 탁탁 하고 조그마한 소리를 내며 부인의 주의를 끌었다.

"마마."

라고, 가능한 부드럽게 낮은 소리로 불렀다.

"── 말씀드릴 것이 있습니다. 배알할 것을 허락해 주십시오."

그때 버석거리는 옷 소리가 갑자기 멈추었기에 부인이 옻칠을 한 변기 옆에 잠시 멈춰 서서 천천히 경청하는 모습을 추측할 수 있었다. 가와치노스케는 품에서 즈쇼의 밀서를 꺼내어,

"이 글에 대해 ──"

라며 그것을 부인의 눈에 띄게 높이 들고는,

"──특별히 문제를 일으킬 사람은 아닙니다. 부디 배알을──"
하고 거듭 말하였는데 이 방법이 효력을 발휘했는지,

"허락하지요, 올라오세요."
하고 부인이 똑같이 낮은 목소리로 위에서 답했다.

지하 갱도에서 마루 위로 기어 나올 때 가와치노스케의 몸이 더러워져 볼썽사나운 모습을 보이는 일은 없었다. 이미 여러 번 그런 목적으로 사용되었기 때문에 가능한 한 동작을 간단하고 깔끔하게 할 수 있도록 적당한 발걸이가 만들어져 있었다. 그래서 부인의 존엄을 해치는 일 없이 요령 좋게 옻칠을 한 변기 아래에서 나와 부인 앞에 엎드릴 수 있었다. 그것은 마치 기쓰네 다다노부(狐忠信)가 복도에서 나와 시즈카 고젠(静御前) 앞에서 머리를 조아리는 「센본자쿠라(千本桜)」[35] 연극의 무대 모습과 그다지 차이가 없었다. 사실 측간이라고는 하지만 여닫이문과 벽으로 만들어진 방 안은 큰 송이의 꽃처럼 부풀어 오른 의상을 입은 부인이 들어갈 수 있을 만큼 상당한 여유 공간이 마련되어 있었으며 작은 다실 정도의 면적 전체에 다다미를 깔아 놓아서 과연 여기라면 부인이 앉아 있을 법하다는 느낌을 들 정도로 넓고 고요한 곳이었다. 황송한 모습으로 다다미에 이마를 대고 쭈뼛쭈뼛하고 있던 가와치노스케는 그 근처에서 나오는

35　에도 시대의 시대물 연극 「요시쓰네센본자쿠라(義経千本桜)」를 말한다. 이 연극에서 사람으로 둔갑한 여우, 기쓰네 다다노부는 요시쓰네의 연인, 시즈카 고젠을 지키는 호위 무사 같은 역할을 한다.

품격 있고 은은한 향을 맡고는 한층 더 압도되어 고개를 숙였다. 그것은 부인의 의복에 스며 있는 훈향의 향기였을까. 혹은 가와치노스케에게는 보이지 않았지만 그가 엎드린 곳 앞에 작은 서원풍의 창이 있고 그곳 앞 선반 위에 청자 향로가 놓여 있어, 바로 거기에서 은은히 흘러나오는 향일지도 모른다.

"그쪽은 누구죠?"

"기류 무사시노카미 데루쿠니의 장남 가와치노스케 데루카쓰라고 합니다……"

그가 그렇게 말했을 때, 눈앞 두세 자 떨어진 곳에서 깊이 주름 잡힌 의복이 넓고 묵직하게 펼쳐져 있다가 지면과 마찰하면서 소리를 낸 것은 부인이 놀라움을 숨기면서 몸을 살짝 뒤로 물렸기 때문이다.

"가와치노스케라고?"

"네!"

"얼굴을 들라."

부인의 말에 황송해하며 얼굴을 든 청년 무사는 처음으로 그가 동경하던 여성의 모습을 우러러보았다. 그러지 않아도 신분 높은 사람의 얼굴을 똑바로 쳐다보는 일은 있을 수 없는 일인데, 그런 경험도 없는 청년이 멀리서 사모하던 이성 앞에 나선 것이다. 게다가 저택 안쪽에는 햇빛이 들지 않는 어슴푸레한 방이 많고, 이 화장실의 실내도 단 하나밖에 없는 창문으로 가을 오후의 햇살이 약한 햇빛을 비출 뿐이어서 저녁에 땅거미가 지는 어둑한 상황에서 살펴본 부인의 용모는 아마도 그가 뇌리에서 그리던 환상과 크게 차이가 없을 정도로 어렴풋한 것이었다. 그저 그녀의 희읍스름한 얼굴색으로 얼마나 아름답고 기품 있는 여성인지를 상상으로써 보완할 수밖에 없었다. 그가 또렷이 본 것은 어두운 곳일수록 더 잘 빛나는 금사로 수놓인 문양과 옷소매의 금박이었다. 그리고 부인이 조심스레 휴대용 단검의 칼자루에 손을 얹고 서 있는 모습을 보고는 다시 정중히 엎드린 양손 위로 얼굴을 숙였다.

"어째서 가와치노스케 당신이 ── "

하고 부인은 혼잣말처럼 말했다. 분명 가와치노스케 입장에서는 그때까지 부인을 본 적이 없었지만 부인은 아마 그를 종종 보았으리라. 당시 상류 부인들은 외출할 때 가마를 타거나 외출용 장옷이나 드리개로 머리를 덮었고 저택이나 방 안에 있을 때는 항상 휘장이나 발 안에 숨어 있어서 가문 남자들에게 얼굴을 보일 염려가 없었으나 자신들은 남자의 얼굴을 자유롭게 볼 수 있었다. 그래서 기쿄노카타도 성안에서 매 계절 열리는 주연이나 연극, 무용극, 그 외에도 무예나 예능을 펼치는 행사가 있을 때에 몇 번인가 가신들 사이에 줄 서 있는 이 청년의 믿음직한 인품과 골격을 보았다. ── "저 사람이 무용으로 이름 높은 가와치노스케입니다." 하고 옆에 있는 사람이 알려 주면 발 안에서 훔쳐보았던 것이다. 가와치노스케도 예상하고는 있었지만 부인의 지금 한마디는 그에게 더할 나위 없는 영광이었다. 자신이라는 존재가 특별히 부인에게 기억되었음을 알자 이 행복한 첫 대면의 감격이 한층 강해졌다.

"말씀드리기 송구하지만 저는 같은 편으로서 이곳에 왔습니다."

그는 부인이 지금 말끝을 흐리고 있다는 느낌을 받아서, 무엇보다 먼저 그녀의 신뢰를 얻으려는 조바심 속에 열정이 깃든 어조로 말했다.

"같은 편, ……같은 편입니다. 송구하지만 이 편지에 적힌 것을…… 즈쇼 님이 맡았던 역할을…… 저에게 분부해 주십시오."

그가 '즈쇼'라는 이름을 말한 순간,

"아."

하는 소리가 울려 퍼졌지만 곧바로 평정을 되찾은 부인은

"그 편지를 보이게."

라고 애써 부드럽게 말하고는 가와치노스케가 상소문처럼 내민 밀서를 받아 창문으로 스미는 어스름한 불빛에 비추어 한번 읽고는 다시금 품에 넣었다.

"이것을 어디서 얻었습니까?"

"작년 가을의 쓰키가타 성 전투 때 즈쇼 님을 죽인 것은 저입니다. 총포로 주군의 목숨을 노리기에 수상한 무사라고 생각해 목을 벤 뒤에 시체를 조사했는데 뜻밖에도 이 편지가 부적 속에 들어 있었습니다. 하지만 감히 말씀드리자면 당시 적군과 아군을 구별하기 힘든 난전이 벌어지고 있어서 저 외에는 이 사실을 아는 사람은 아무도 없습니다. 그리고 대체로,"

그렇게 말을 이어 나가는 순간, 부인은 어떻게 판단을 해야 할지 알 수 없어서 한동안 가와치노스케를 내려다볼

뿐이었다. 적으로 돌리면 누구보다도 무서운 한 명의 용사가 지금 "같은 편으로 삼아 주십시오."라고 말하며 자기 발밑에 목을 늘어뜨리고 있는 것이다. 그녀에게 이보다 더 좋은 기회는 없겠으나 쓰쿠마 가문의 은혜를 저버리고 앞으로 어찌 될지도 모르는 자신을 위해 몸을 던지려는 청년의 동기를 도무지 납득할 수 없었다. 그렇지만 지금까지 이 밀서가 밝혀지지 않은 점을 생각하면 이 청년이 자신에게 호의를 지니고 있음은 의심할 필요도 없었다. 남을 기만하여 떨어뜨리기 위해서라면 어떤 고육의 계략도 구사할 시기이므로 그녀도 방심할 수 없었지만 만약 이 젊은이가 그녀의 죄를 발설할 생각이었다면 결정적인 증거를 손에 넣었으면서 어찌 그걸 그녀에게 은밀히 건네겠는가. 소중한 밀서를 그녀 손에 맡기고 그저 황송해하는 모습은 아무리 생각해도 해를 끼치려는 자의 태도가 아니다.

"이것을 봐 주십시오. ——"

부인의 경계가 쉬이 누그러지지 않을 것을 간파한 가와치노스케는 품에서 작은 비단 주머니를 꺼내 그것을 두세 번 접어 바치면서 말했다.

"—— 이것은 관세음의 궤(厨子)입니다. 즈쇼 님은 방금 그 편지를 이 궤에 넣어 몸에 지니고 있었습니다. 이후로 저는 비록 그 뜻에 미치지는 못할지라도 계승의 표식으로서 이 궤를 한시도 놓지 않고 몸에 소지하고 있습니다."

그가 정신없이 말하며 주머니를 열어 그 안의 궤를 꺼내는 모습을 보고 부인은,

"이건"

이라고 말하면서 이곳이 부정한 장소라는 사실을 알려 주듯이 눈으로 나무라며 손으로 제어했지만 그래도 그의 행동이 보여 주는 열의에는 마음이 움직였으리라.

"그런데 대체 당신이 내 편을 들어 주는 이유는? ─"

하고 칠 할의 위엄과 삼 할의 상냥함을 담아서 말했다.

"마마, 여기 하나 더 바칠 것이 있습니다. ─"

가와치노스케는 그 물음에는 대답하지 않고 다시 주머니를 뒤지더니, 이번에도 비슷한 금색 비단 주머니에서 작은 항아리를 꺼내 들고 공손히 부인 앞에 바쳤다.

"─ 이 주머니 안에 있는 것은 아버님이신 마사타카 님의 유품. 황송하지만 유품을 거기에 담아 주십시오."

"뭐? 아버지의 유품?"

부인이 자신의 귀를 의심하듯 되묻자 동시에 가와치노스케는

"네."

라고 말하며 높이 쳐들고 있던 양손과 함께 머리를 숙였다.

"그렇습니다. 마사타카 님이 죽음을 맞이하셨을 때, 애처롭게도 유해의 중요한 부분이 빠져 있었을 것입니다."

"그것이 이 주머니에 들어 있다는 말인가?"

"네!"

가와치노스케보다 세 배나 큰 부피의 의상을 입은 부인은 그때 모란꽃이 떨어지듯 흔들리며 쓰러졌는데 옷이 자아내는 과장된 소리가 마치 산꼭대기를 지나가는 바람과 같았다. 부인은 지금의 답을 들으면서, 동시에 가와치노스케

가 바치는 물건에 손바닥을 대고는 바닥에 무릎을 꿇고 말
았다.

"가와치노스케."

부인은 잠시 묵념을 한 뒤 지금까지의 위엄을 완전히
버리고 여성스러운 말투로 물었다.

"아버지의 유품을 왜 그쪽이 가지고 있었던 거죠?"

"작년에 아버님이신 마사타카 님이 이성을 포위하셨
을 때, 세 번째 성벽과 두 번째 성벽까지 격파되고, 어느덧
성이 넘어갈 운명에 처하자 선대 잇칸사이 님이 어느 날 아
무도 모르게 시노비(忍び)[36]를 불러 마사타카 님의 암살을
지시하셨습니다. 그 얘기를 들은 것은 저 혼자이지만……"

"아, 역시."

그러면서 부인은 잠시 한숨을 내쉬었다. 그리고 갑자
기 다그치면서,

"그것을 당신만 들었단 말인가?"
하고 일어서면서 물었다.

"그렇습니다. 당시 저는 열세 살이었는데, 그날 서원
사이에 가까운 복도를 지나다니다 문득 '목을 칠 틈이 없으
면 코라도 좋으니 베어 와라.'라고 잇칸사이 님이 은밀히 하
시는 말씀을 들었습니다. 저는 나쁜 일인 줄 알면서도 이상
한 말씀을 하시기에 듣고는 발을 멈추었는데 '알았느냐. 만
일의 경우에는 코만 가져와도 좋다. 목숨이 붙어 있어도 코
가 없으면 저 잘난 체하는 놈이 병사를 물릴 수밖에 없을 테

---

36   첩보 수집, 암살 등 은밀한 임무를 담당하는 사람을 일컫는 말. 닌자.

니.' 하고 말씀하시면서 낮은 목소리로 웃으셨습니다. 성이 무너지는 것이 오늘내일하는 와중에 어쩔 수 없다고는 하지만 시노비를 시켜서 적군 대장이 자고 있을 때 목을 베려고 하다니. 게다가 코를 베어 오라는 말씀은 평소와는 다른 분부였습니다. 스스로도 부끄럽다 여기셔서 은밀하게 명하신 것이겠지요. 계략은 보기 좋게 적중했는데 시노비가 성으로 돌아왔을 때 제가 아무도 모르게 그자를 베어 버렸습니다. 여기 가지고 온 유품은 그때 그자 품속에 있던 것입니다."

부인과 불과 한두 자 거리에 있던 가와치노스케는 이야기를 하던 중에 부인의 긴 속눈썹 끝에 몇 방울의 이슬이 맺히더니 부드러운 뺨을 타고 흘러내리는 모습을 보았다. 그 애처롭고 아름다운 부인의 모습을 보면서 그는 점차 말을 그럴싸하게 꾸며 낼 만한 지혜와 침착함을 회복했다. 그는 이삼일 전부터 아예 작심하고 부인을 납득시킬 만큼 잘 짜인 줄거리를 궁리해 두었는데 스스로도 감탄할 정도로 이야기가 순조롭게 이어졌다.

"── 저는 그저 주변을 서성이다 이야기를 들은 것이지만 어린 마음에도 주군의 비밀스러운 계략이 무사답지 않다고 생각해 분개했습니다. 하지만 제가 죽인 시노비에게는 미안한 감정이 있어서 다음 날 해가 뜬 뒤에 시체가 버려진 본당 뒤쪽 계곡으로 가서 그를 찾았습니다. 그리고 수많은 시체들 틈에서 겨우 찾아내 뭔가 증거를 가지고 있는지 품을 뒤졌는데, 마침 생각지도 못한 이 유품을 손에 넣을 수 있었습니다. 잇칸사이 님은 그가 가지고 온 이 유품을 쓸모 없는 것이라 생각하시어 시체와 함께 여기 버리신 것이겠지요. 하지만 저는 적군 대장의 유품이라 하더라도 이런 식으로 소홀하게 해서는 도리에 어긋난다고 생각했습니다. 기이한 인연으로 이것이 제 손에 들어온 것도 사무라이의 운명이니 잇칸사이 님의 의중이 어떻든 저는 제 나름대로 무사로서의 의리를 지켜야겠다고 생각해 은밀히 이것을 가지고 와서 보관해 두었습니다. 마사타카 님의 최후를 알려 주는 이 유품을 유족들에게 돌려줄 때가 있으리라고 생각하면서 오늘까지 소중히 보관하고 있었습니다. 마마, 이것이 제가 유품을 가지고 있는 연유입니다."

"고맙습니다. 가와치노스케 ──"

그렇게 말한 뒤 부인은 화장실 바닥에 주저 없이 양손을 대며 반들반들한 흑발에 감긴 고귀한 머리를 진심 가득하게 청년 앞에서 숙였다.

"당신은 무용이 뛰어난 자라고 들었습니다. 아직 어린데 이렇게 상냥한 배려심이 있을 줄은 ── 훌륭하게도 거기까지 생각해 주셨군요. 그럼 당신은 제 의중을 추측하고 계시겠죠."

"황송하지만 눈치채고 있습니다."

"무사 집안에서 태어난 이상 언제 죽어도 이상할 것이 없다고, 여자지만 그 정도 각오는 하고 있습니다. 그래서 아버지가 전투에서 패해 돌아가신 거라면 체념하려고도 했지만 마치 도둑질당한 것처럼 무정하게 죽임을 당하시고, 게다가 수모까지 겪으셨으니 자식으로서 그 한을 어떻게 잊을 수 있을지 한번 생각해 보십시오. 그때 저는 아버님이 병사했다고 들어서 그렇게만 알고 있었지만 어머니나 오빠가 임

139

종 때 얼굴을 보지 못하게 해서 은밀히 유모에게 채근했습니다. 유모는 제가 너무 귀찮게 해 대니 결국에는 고집을 꺾고 '그럼 잠시 보여 드리겠습니다만, 사실 아버님은 병사하신 것이 아닙니다. 아버님의 모습이 어떻게 변했더라도 놀라시면 안 됩니다.'라고 몇 번이나 당부를 하더니 잠시 볼 수 있게 해 주었습니다. 아, 정말, 아무 관계 없는 당신이 듣고도 기분이 좋지 않았는데, 그때 제 심정은 어땠겠습니까. 유모와 같이 간 것은 한밤중이었는데 유해를 안치한 상단의 발 아래에는 저희 외에 아무런 인기척도 없었습니다. 저는 유모가 내어 준 등불 아래에서 참혹한 모습을 보고는 아무런 소리도 내지 못하고 유모 가슴에 얼굴을 묻고 몸을 떨 수밖에 없었습니다. ──"

부인은 어느새 가와치노스케의 정에 이끌려 세세하게 마음속 이야기를 털어놓기 시작했다. 그녀의 긴 고백은 이후로도 누누이 이어지지만 둘이 처음 만난 날에 모두 이야기된 것은 아니다. 아마도 이삼일 동안 일정한 시각을 정해 매일 여기서 만나기로 약속하고 서로 물어 가면서 이야기를 이어 간 것이리라 사료된다. 『도아미 이야기』의 기술에 따르면, 이 화장실은 이중으로 되어 있어서 복도와 화장실 사이에 또 다른 방 같은 공간이 있으며 그 칸막이는 모두 두꺼운 삼나무 판자로 만들어져 안에서 하는 이야기가 밖으로 새어 나가지 않았다고 한다. 물론 그 방 바깥 복도에는 시녀가 대기하고 있었지만 언제나 부인과 함께 화장실까지 동행하는 이는 바로 그 즈쇼의 동생, "하루"라는 여자였다고 한다. 독자 여러분은 부인의 유모가 즈쇼의 모친이라는 점을 기억하고 계실 텐데, 부인은 쓰쿠마 집안으로 시집올 때 유모와 유모의 딸인 하루를 데리고 왔던 것이다.

이 이야기가 진행됨에 따라 독자들도 알아차렸을 테지만 무주공의 특색은 그가 기이한 성욕에 사로잡혀 아무리 흥분한 듯 보이더라도 언제나 그 의식 아래로 자신을 지키려는 본능을 발휘한다는 점이다. 때로는 자신의 약점조차 적을 물리치는 수단으로 이용했는데 운이 잘 따라 준 덕분에 만사가 시종 그를 그렇게 인도해 갔다. 피학성의 쾌락이라고는 하지만 역시 "쾌락"의 일종인 만큼 원래 이기적인 특성을 띠고 있음은 분명하다. 어쨌든 이런 성벽을 지닌 사람들은 자신도 모르게 깊이 빠져들어 일신을 망칠 위험이 많은데, 무주공은 자신만의 비밀스러운 쾌락을 추구하면서도 차근차근 주위를 잠식하여 영토를 넓혀 나갔다. 자신도 모르게 지나치게 몰입하여 파멸의 구렁텅이에 떨어진 적도 있지만 언제나 마지막 한 발을 내딛는 데서 멈추는 것을 잊지 않았다. 그가 교묘히 허위와 진실을 뒤섞은 언변으로 기쿄노카타를 뒤흔든 경우도 이 특색을 엿볼 수 있는 일례다. 처음 만날 날에 그녀에게 바쳤다는 "마사타카 공의 유품"이라는 것도 과연 야쿠시지단조 마사타카의 유품인지 아닌지 매우 의심스러운 생각이 든다. 왜냐하면 십삼 세의 호시마루가 마사타카의 코를 주워 온 것은 이미 서술한 바와 같지만, 설마하니 그 당시에 오늘 있을 일을 예상했을 리 없으며 사실 그보다도 육 년이라는 시간 동안 그런 잘려 나간 살덩이를 소중히 보관했다고는 생각할 수 없기 때문이다. 그래서 생각하건대 빈틈없는 가와치노스케가, 옛날 지쇼(治

承) 연간에 몬가쿠쇼닌(文覺上人)이 어디서 온 말뼈인지도 모르는 것을 "요시토모(義朝)의 해골"이라고 말하며 우효에노스케 요리토모(右兵衛佐賴朝)에게 보여 준 지혜를 빌려 와, 주변에 굴러다니는 시체의 코를 베어서 기쿄노카타의 적개심을 도발하는 도구로 사용한 것은 아닐까. 뼈가 되고 나면 말인지 요시토모인지 알 길이 없듯이, 코 일부분만으로는 대장의 것인지 잡졸의 것인지 알아차릴 수 없는 법이다. 아니, 덧붙이자면 그게 절인 상태로 보관되어 있었으니, 사실은 코가 아니라 뭔가 그럴듯한 모양을 한 조각이라면 뭔들 상관없는 것이다. 요컨대 그가 가지고 온 항아리 속 물건은 이야기할수록 천박하지만, "이것이 아버님의 유품입니다."라고 말하면 요리토모 정도의 영웅호걸이라도 속아 버리는 것이 인정이다. 이러하니 기쿄노카타가 정체를 알 수 없는 금색 주머니를 보고 바로 마술에 걸려 버린 일도 당연하다고 할 수 있다.

기쿄노카타의 사람 됨됨이에 대해 『도야미 이야기』와 『밤에 보신 꿈』의 관찰이 상이하다는 점은 앞에서도 말했다. 하지만 그녀가 남편인 노리시게를 불구로 만들기 위해 계획을 꾸민 동기에 관해서는 『밤에 보신 꿈』에 적혀 있는 바가 매우 자연스러우며 미묘한 사정을 잘 간파한 것으로 보인다. 거기에 따르면 그녀는 유모의 주선으로 아버지 마사타카의 얼굴을 보고 난 뒤로 밤마다 그 코 없는 얼굴이 눈앞에 어른거리고 아버지가 저세상에서 아직 잠들지 못한 채 있다는 잔혹한 상상이 계속 머릿속을 떠나지 않아 고통스러워했다고 한다. 즉, 기쿄노카타는 죽임을 당한 아버지가 코를 잃은 탓에 극락왕생을 이루지 못하고, 오랫동안 이승을 떠돌고 있다고 여긴 것이다. 이것은 그녀로서는 실로 견디기 어려운 마음의 상처였다. 비명횡사한 아버지가 하다못해 서방 정토에 가시기는커녕 중요한 것을 잃어버려서 지금도 이 세상에 미련을 버리지 못한 채 떠돌고 있다고 생각하면, ── 죽어서도 그런 꼴을 당하는 불쌍한 아버지를 생각하면, ── 초조해서 견딜 수가 없었다. 그녀는 매일 밤 아버지의 망령이 꿈에 나타나 얼굴 한가운데를 손으로 잡고는 "코가 필요해. ── 코를 돌려줘."라고 끊임없이 이야기하는 소리를 들었다. 그녀는 결국 어떻게 해서든 아버지를 위해 코를 찾아서 이 공포스러운 코 없는 시체의 기억을 뇌리에서 지워 버리지 않으면 하룻밤도 편안하게 잘 수 없었다. "저는 유모를 원망했습니다. 어머니와 오빠가 못 보게 했는데, 아무리 제가 재촉을 했더라도, 유모가 그걸 저에게 보여 주지 않았다면 이런 고통도 없었을 겁니다."라고 그녀는 가와치노스케에게 술회했다. 정말이지 그 말처럼 당시 열네 살의 소녀에게 그런 모습을 보여 준 것은 유모의 생각이 짧았다고 할 수밖에 없다. 그녀가 이러쿵저러쿵 하소연하며 이치를 따져 보자면 불쌍한 일이지만 이미 봐 버린 이상에는 방법이 없다. 아버지의 코를 찾아보려고 해도 불가능한 일이다. 그런데 우연히도 아버지의 영혼을 위로하고 그녀의 고민을 덜어 줄 시기가 도래했다. 야쿠시지 가문과 쓰쿠마 가문의 화해, 그리고 이어서 노리시게와 그녀의 혼담이 성립한 것이다.

그녀의 오빠인 아와지노카미 마사히데는 이 혼담을 그녀에게 알릴 때, "너도 알듯이 아버지는 병환으로 돌아가신 것이니 쓰쿠마 가문에 원망을 품을 이유는 없다. 그 점은 오해하지 않았으면 한다."라고 재차 말했다고 전한다. 당시 여성의 지위로는 가장이 정한 정략결혼에 불복할 권리도 없고, 게다가 쇼군이 중재한 것이니 가문과 천하를 위해 몸을 희생해 위에서 내려온 결정에 그저 따르는 것밖에는 방법이 없었지만 그렇더라도 아버지의 일을 그처럼 무심하게 여기는 오빠가 한심했다. 오빠 마사히데 입장에서 보면 아버지를 죽인 것이 누구의 소행인지 확실하지 않은 점도 있고, 세상에 알려진 아버지의 명예와도 관련된 일이니 가능하면 원만하게, ── 라는 심산이었겠지만 그녀에게는 그런 오빠의 느슨한 대처가 미덥지 않았다. 대체로 마사히데는 아버지 마사타카보다 한층 더 나약하고 느릿한 성격의 소유자로 이후에 얼마 지나지 않아 가신인 바바(馬場) 씨에게 나라를 빼앗기고 쫓겨나 집과 영토까지 다 잃은 채 평생 치욕을 당하며 여러 곳을 방랑한 남자다. 그래서 기쿄노카타는 표면적으로는 아무것도 모르는 양 위장하면서, 입 밖으로는 꺼내지조차 않았지만, 아버지의 죽음에 대해 오빠와는 다른 의견을 가지고 있었다. 말하자면 그녀는 죽은 아버지의 얼굴을 본 순간부터 아버지가 적의 음험한 수단으로 돌아가셨으리라고 생각할 수밖에 없었다. 적어도 아버지는 전쟁 중에 진중에서 살해되었다. 그리고 하수인이 목 대신에 코를 베어 간 것은 그 남자가 적의 첩자임을 무엇보다 확실히 말해 주고 있지 않은가. 그것을 도적의 소행이라든가 개인적 원한의 결과라든가 하는 식으로 보는 것은 일부러 사실을 외면하는 비겁한 사람의 행동이다. —— 그녀는 그렇게 믿고 의심하지 않았는데 자신을 제외한 가문 사람들, 어머니도 오빠도 가신들도 그렇게 생각하지 않는 모습을 보면서 아버지가 영원히 극락왕생하지 못할 것 같아 더욱 슬퍼졌다. 그리고 어떻게 하면 이 슬픔을 달랠 수 있을까, 하고 여러모로 고민한 끝에 문득 생각해 낸 것이 이번에 쓰쿠마 집안으로 시집가는 것을 기회 삼아 아버지가 당한 수모를 그대로 잇칸사이 부자에게 돌려주어야겠다. —— 라는 생각이었다.

그녀는 시아버지 잇칸사이나 남편 노리시게의 얼굴 한가운데에 코가 제대로 붙어 있는 모습을 볼 때마다 아버지가 불쌍해서 견딜 수 없었다고 한다. 아마도 그녀는 누구 얼굴에서 코를 보더라도 화가 났을 터다. 자신이 코를 가지고 있다는 사실조차 아버지에게 미안했을 것이다. 만약 전 세계 사람 단 한 명도 남김없이 모두 코를 잃어버린다면 아버지의 불행이 처음으로 완전히 구원받았다고 생각했으리라. 그 무렵 그녀는 열여섯 살 신부였기 때문에 쓰쿠마 가문을 망하게 한다거나 하는 대담한 생각을 품기에는 나이도 분별도 부족했으며, 극히 단순하게 소녀다운 생각밖에는 할 수 없었다. 결국 전 세계 사람들을 그렇게 하는 대신에 시아버지나 남편의 코를 없애면 아버지의 망령도 어느 정도 원한을 잊고 스스로의 슬픔도 구제가 가능하다고 판단했다. 그런 이유에서 한동안 그녀의 목표는 그들의 "코"에 있었지 "목숨"에 있는 것이 아니었다. 실수해서 코와 함께 목숨까지 빼앗게 된다면 그것도 어쩔 수 없지만, 가능하다면 코 없이 당분간 살려 두고 그 비참한 존재를 스스로 확인하게 하고 싶었다. 『도아미 이야기』가 그녀를 두고 태생적으로 가학을 즐기는 부인이라고 말한 이유도 주로 여기서 기인하는데 『밤에 보신 꿈』에 따르면 그녀는 가와치노스케를 향해 다음과 같이 고백했다.

그때 기쿄노카타가 눈물을 흘리시며 말씀하시길, 세상에 나처럼 기구한 사람이 있을까. 혹여 원수의 자식이라도 남편으로 삼았으면 미워하지 말고 섬겨야 하는 법이거늘, 이런 무서운 복수를 계획하는 것은 어떤 전생의 업보인가. 그러지 않아도 여인은 원래 죄가 깊다고 들었는데 분명 내세에는 지옥에 떨어질 것이다. 하지만 신불(神佛)이여, 보시오. 실로 이 일은 내 본심이 아니며 오직 아버지의 원혼이 나에게 씌여 속삭이는 대로 따르는 것일 뿐이니…….

결국 그녀는 시아버지나 남편이 코를 잃은 모습을 자기 눈으로 확인하여 납득하지 않고는 — 그냥 간단히 그들을 죽여 버리는 것만으로는 — 밤마다 잠을 못 이루게 하는 기분 나쁜 몽마를 쫓아 버릴 수 없었다. 그녀가 이유 없이 남편을 불구로 만들어 즐기는 그런 부인이 아니었음은 쓰쿠마가 멸망한 뒤의 행동을 보더라도 분명하다. "비록 원수의 자식이라도 미워하지 않는다."라고 스스로 말했듯이 사실 그녀는 불구가 된 남편 노리시게를 마음 깊숙이 사랑하기도 했으며 연민하기도 한 것 같다. 요컨대 그녀의 생애는 처음부터 끝까지 죽은 아버지의 얼굴을 본 기억을 지운다는 일념에 사로잡혀 남편을 버리고 자식을 버리고 자신마저 버리고 만 느낌이다.

처음에 기쿄노카타의 계략을 알던 사람은 그의 유모, 즉 마토바 사에몬(的場左衛門)의 아내 가에데(楓)라는 여자뿐이었다. 가에데는 그녀가 자신의 의중을 털어놓았을 때 놀라면서도, 죽은 아버지의 모습을 그녀에게 보여 준 책임이 자신에게 있다는 점 때문에 함부로 간언하여 그만두게 할 수도 없었고, 점차 그녀를 동정하게 되어 이 계획에 휘말리게 되었다. 그녀의 남편 사에몬은 기쿄노카타가 시집을 갈 때 이미 병사했기 때문에 남편과는 무관했던 듯하다. 미망인이 된 가에데는 부인이 시집올 때 딸인 하루를 동반하여 오지카야마 성으로 들어오게 되었고, 점차 자신의 자식들을 설득하여 동료로 끌어들인 듯하다. 그러나 상세한 내막은 알려져 있지 않다. 다만 안으로는 그녀와 그녀의 딸인 하루, 밖으로는 아들 마토바 즈쇼가 서로 내통하며 기쿄노카타의 복수에 도움을 주었음은 확실하다. 즈쇼는 처음 잇칸사이의 코를 노리다가 그것이 실패하자 다음으로는 쓰키가타 성 전투 때 노리시게의 코를 노렸고, 어느 쪽도 목표를 달성하지 못한 채 가와치노스케에게 숨통을 끊긴 것이다. 그럼 성안 깊숙한 곳 정원에서 노리시게를 언청이로 만들고, 그의 한쪽 귀를 앗아 간 자는 누구라는 말인가?『도아미이야기』와『밤에 보신 꿈』에는 즈쇼의 동생 중에 "마토바 다이스케(的場大助)"라는 자가 있어서 그가 형의 유지를 이었다고 기록되어 있다. 다이스케는 어머니 가에데의 주선으로 참호를 전문으로 파는 광부를 데리고 상자 안에 숨어서 저택 안으로 들어왔다고 전한다. 하지만 이 광부와 다이스케의 행방은 확실하지 않다. 광부는 가와치노스케가 우연히 알게 된 그 갱도를 파고 난 뒤에 아마도 갱도 깊숙한 곳에서 살해된 뒤 버려져 부인의 배설물과 함께 영원히 흙 속에 묻혀 있겠지만, 다이스케는 과연 어디로 사라진 것일까? 꽃놀이 사건 이후로 경비가 삼엄해진 와중에 다시금 상자에 몸을 숨겨 누구에게도 의심받지 않고 성 밖으로 도망쳐 나가는 일은 도저히 불가능하다. 그는 오히려 최초의 사건부터 두 번째 사건에 이르는 동안, ── 노리시게의 입술을 찢고 나서 다시 그 귀를 빼앗는 데 성공한 약 사 개월에 이르는 기간 동안 ── 갱도 상부에 있던 오목한 구덩이 속에 몸을 구부리고 기어 들어가 부인이나 어머니가 주는 주먹밥으로 목숨을 부지하면서 한 발짝도 바깥세상으로 나가지 않았다고 한다. 주군을 위해, 부모를 위해, 형제를 위해 일신을 희생한 남자는 예로부터 적지 않지만 그렇더라도 사 개월 동안이나 화장실 지하에 틀어박혀 있었다고 하니, 다이스케만큼 잘 견뎌 낸 자는 드물 것이다. 독자는 다이스케의 이런 행동을 부끄러운 변태 성욕자나 색정광이 하는 짓과 혼동하지 않아야 한다. 그는 어디까지나 한결같은 충의와 효행의 마음으로 이렇게 했다. 그래서 이 놀라운 성실과 용기를 겸비한 청년은 아마도 자신의 사명이 어느 정도 실행되었고, 가까운 시간 안에 이 이상 실현하는 것이 불가능하다고 간파한 어느 시기에 스스로 자결하여, 자기 시체를 광부와 마찬가지로 암흑 속에 묻어, 정말 문자 그대로 향기롭고 명예로운 최후를 맞이했을 터다. 그리고 가와치노스케가 갱도에 들어

왔을 때 그와 마주치지 않은 것으로 보아, 그가 자결한 때는 분명 그 이전임에 틀림없다.

하지만 다이스케의 역할을 대신하겠다고 자청하고 나선 가와치노스케라는 사람을, — 이 유별난 것을 좋아하는 젊은 무사의 심중을 — 기쿄노카타는 어떻게 해석하고 있었을까? 일본의 무사 사이에는 고귀한 부인을 숭배하거나 그 때문에 목숨을 바치는 것을 명예롭게 여기는 서양풍의 기사도 따위는 없다. 기쿄노카타가 시아버지나 남편에게 복수하려는 계획을 꾸민 것은 당연하다 하더라도 가와치노스케까지 같은 편이 될 이유는 없다. 그가 그녀 부친의 최후에 동정심을 가지고 잇칸사이의 무사답지 않은 비열한 수단에 분개하여 잘린 코를 소중히 보관하였다가 일부러 돌려준, 그 의협심과 호의는 받아들일 수 있다. 거기까지는 그녀도 감사한 마음을 가지고 대할 수 있다. 하지만 그가 자진해서 그녀의 미완성된 복수에 손을 빌려주려 함은 명백히 의협심이나 호의의 범위를 벗어난 제안이다. 그것이 가와치노스케의 가슴속에 숨은 변태적 욕망의 지시에 따른 행동이라는 사실을 기쿄노카타가 알 리 없으니, 무언가 그녀를 납득시킬 만한 그럴듯한 이유가, — 예컨대 가와치노스케에게도 특별히 쓰쿠마 집안에 원한을 품을 동기가 있다든가, 혹은 쓰쿠마 집안의 은혜를 배신하더라도 그녀를 위해 온 힘을 다할 만한 의리가 있다든가, 무언가 그럴싸한 것이 있어야 한다. 생각해 보면 그녀가 그 가짜 "아버지의 유품"을 보고 잠시 정에 이끌렸다 하더라도 결국 마음을 허락하고 복수의 임무를 그에게 맡기게 된 과정에는 또 그만한 이유가 있었으리라 상상된다. 『쓰쿠마 군기』는 기쿄노카타와 가와치노스케가 "밀통"했다는 사실을 은연중에 내비치면서 연애를 통해 음모가 성립되었다는 식으로 적고 있지만, 무주공은 색계로 부인의 신뢰를 얻을 만한 인물이 아니며 그런 색마적 수완이 있었다고도 여겨지지 않는다. 아마 밀통은 사실이겠지만 그렇게 된 까닭은 두 사람이 쓰쿠마 집안을 멸망으로 이끌고자 상담을 진행하다가 점차 친밀해졌기 때문이리라. 즉, 음모의 성립이 우선이며 육체적 관계는 그 뒤에 맺은 것이라고 보아야 하며, 그것도 그렇게 빈번하게 이루어지지는 않았으리라 여겨진다.

추측하건대 기쿄노카타는 가와치노스케의 "의협심 넘치는 지원"를 쓰쿠마 가문을 차지하려는 그의 야심에서 비롯한 바람으로 해석했을 것이다. 노리시게가 큰 그릇의 인물도 아닌 만큼 대대로 가신을 이어 오지 않은 가와치노스케가 그런 마음을 품는다는 건 전국 시대의 영웅에게는 흔한 일이며 그가 그 뜻을 이루기 위해 그녀의 복수심을 이용하고자 하더라도 이상할 것은 없다. 그녀는 남편 노리시게가 이 난세에 도저히 자신의 영토를 지킬 수 없다는 사실을 알고 있었기 때문에 오히려 가와치노스케의 야심을 시인하고 그에게 이용당하면서, 자신도 그를 이용해 복수를 완성하고 아울러 그의 온정에 기대어, 적어도 남편이 죽은 뒤에 두 자녀의 안전을 도모하는 편이 결국 쓰쿠마 가문의 혈통을 지키는 데에도 도움이 된다고 판단했을 터다. 그녀와 가와치노스케가 어디까지 서로의 이해관계를 터놓고 이야기를 나누었는지 알 수 없지만, 적어도 그녀는 "같은 편"을 자청하고 나선 그의 의도를 그렇게 받아들였고, 가와치노스케도 가슴속 비밀을 감추고 그녀가 해석하는 대로 맡겨 두면서 두 사람 사이에 말이 필요 없는 일종의 묵계(黙契)가 생긴 것이다. 기쿄노카타 입장에서는 노리시게의 코만 도려내도 만족할 수 있었으나 어느새 계획은 쓰쿠마 가문을 전복하는 데에까지 깊이 들어갔다. 이것은 가와치노스케의 야망에 이끌린 결과라고 할 수 있으며, 가와치노스케 입장에서는 일단 노리시게의 코를 없애서 자신의 기이한 성적 흥미를 충족시키고 나면, 그동안 보여 주기 위해 품었던 야망이 점차 진짜 야망으로까지 성장해 나갈지도 모르는 일이었다. 따라서 이 기회를 틈타 쓰쿠마 가문을 멸망시키겠다는 냉정한 타산과 계략이 자신도 모르게 움직이기 시작한 것이다.

노리시게가 코를 잃은 일과
겐지하나치사토(源氏花散里)의 와카

　　노리시게는 그가 가장 사랑하는 아내와 가신 사이에
그런 밀약이 맺어진 사실을 알 수 없었기에 그 후로도 매일
밤 부인의 방을 찾아가 때때로 언청이가 된 입을 꼼지락거
리면서 달콤한 이야기를 쏟아 내었다. 그가 아무리 철부지
로 자란 낙천적인 사람이라도 입술을 찢긴 데다 한쪽 귀를
잃어버린 까닭에 다소 우울할 수밖에 없었다. 그래서 "그때
마다 여하튼 병을 핑계로 틀어박히기 십상이었다."라고 『쓰
쿠마 군기』에 전한다. 그렇게 칩거가 길어질수록 그는 부인
옆에 가까이 다가갔다. 신하들이 있는 자리에서는 자신의
외모를 보고 어쩔 줄 모르는 모습에 저절로 기분이 나빠졌
지만 등불이 은은히 비치는 밀실에 들어와 언제나 한결같은
부인의 요염함과 미소를 보면 어느새 그는 귀가 없고 입술
이 찢겨졌다는 사실마저 잊어버린 채 일종의 행복감에 도취
할 수 있었다. 원래부터 그는 전국 시대 영주에는 어울리지
않는 성격이어서 부상을 빌미로 가로들에게 영지 업무를 맡

기고 저택 깊숙이 틀어박혀 있는 편을 마음 편안해했다. 겉으로 우울해 보였다고 하나 마음속으로는 의외로 고통스럽지 않았을지도 모른다.

그러는 사이 8월이 지나 9월이 되었다. 예년 같으면 달맞이 잔치, 중양절, 단풍 구경 등 차례차례 행사가 있었겠지만 올해는 그런 일로 주군의 기분이 나아질 것 같지 않아서 화려한 놀이는 삼가고 아주 형식적인 행사만 겨우 마쳤다. 오지카야마 산의 가을이 깊어 가고 가을비를 부르는 바람 소리, 낙엽 지는 소리가 몸에 스며들어도 저택 안쪽은 불이 꺼진 듯 호젓해, 밤이 되면 뜰에 심은 나무 풀잎들이 쏴하고 울리는 소리가 계속해서 들리고, 저 멀리 사슴이나 여우가 울부짖는 소리가 계곡에 메아리쳤다. 대체로 노리시게는 젊은 부하들을 모아서 거문고를 켜게 하거나 춤을 추게 하는 것을 좋아했기 때문에 가벼운 기분 전환으로 그런 행사를 했더라면 다행이었을 테지만 요즘은 부인과 마주 앉아 술을 마시는 정도가 고작이며 그런 활발한 놀이는 벌이지 않았다. 왜냐하면 꽃놀이 때 있었던 사건으로 질린 탓도 있지만, 원래 그 자신이 목소리에 자신이 있어서 툭하면 노래를 불렀었는데 이제는 안타깝게도 발음도 안 되고 숨도 차오르니 목소리가 좋더라도 어찌할 도리가 없었기 때문이다. 그래서 자신이 노래를 부를 수 없게 되자 다른 사람들의 노랫소리가 부럽기도 하고 짜증스럽기도 하여 잔치를 열어도 전혀 즐겁지 않은 것이었다.

9월도 이미 중반에 가까워진 어느 날의 일이었다. 저녁부터 내린 가을비가 밤이 되어도 그치지 않고 촉촉이 흙 속에 스며들 듯 내리고 처마 끝에 매달린 빗방울 소리가 공연히 사람들의 마음을 뒤숭숭하게 하는 밤에, 노리시게는 초저녁부터 부인 방에 틀어박혀 시녀 하루에게 술을 따르게 하면서 부부끼리 술잔을 교환하고 있었다. 사랑스러운 사람을 옆에 두고 비 내리는 소리를 들으며 홀짝홀짝 술을 마시는 일은 누구나 좋아하는 법인데, 노리시게 역시 이날 밤은 예전과 달리 술 마시는 기세가 올라서 평소보다 몇 병이나 더 들이켰다. 그리고 때때로 부인 쪽으로 술잔을 돌리고는,

"어떤가. 당신도 조금 많이 마신 것 아닌가?"

하고 말할 때마다 사람 좋아 보이는 눈을 가늘게 뜨고는 어딘가 어린애같이 수줍어하면서 가만히 부인 옆모습을 보며 미소 지었다. 물론 그 말을 그가 발음하면,

"오뚠가. 다신도 조구무 마니 마신 고 아니가?"

라고 말하는 듯 들릴 테지만 이제 그런 것은 스스로 신경 쓰지 않았다. 공공연한 장소에서 말할 때, 예전에는 영주의 위엄을 가지고 당당하게 말하는 버릇이 있었지만 언청이가 되고부터는 점점 목소리를 내는 것도 겁이 나서 근심하며 말을 하는 습관이 들어서인지 마음을 놓고 있는 지금 같은 경우에도 툭하면 모기가 우는 듯한 작은 목소리가 되고 말았다. 그러고 보면 부인의 얼굴을 볼 때에 수줍은 듯한 모습을 한 것도 한편으로는 그녀에게 반해서 쑥스러운 탓이겠지만, 다른 한편으로는 역시나 생각 한구석에 "자신은 불구자"라는 의식이 잠재해 있어서 그것이 동작에 반영된 것일지도 모른다. 어쨌든 불구가 되기 전의 노리시게는 다짜고짜 생각 없이 달려드는 골목대장 같은 성미로 이렇게 주눅이 들

어 있지는 않았다.

　기쿄노카타는 받은 잔을 천천히 마시면서, 잠시 정원의 빗소리에 귀를 기울이더니 이윽고

　"아, 저 소리를 들어 보세요. 아직 내리고 있는 것 같습니다."

라고 말하며 울적한 듯 눈살을 찌푸렸다.

　"그루네. 아직 내리고 이는 고 같네. ……것도 차부나게 나리는 조운 비구나."

　"정말, 그렇게 말씀하시니 정말 가을다운 밤이네요. 하지만 전 이런 밤에는 쓸쓸한 기분이 드는 것 같아요."

　"나눈 왜 그러지 오느 밤은 트벼리 수리 마시소. 저 비소리를 드꼬 있으니 기분이 차부네지는 느끼미야."

　"그거 다행이네요. 무엇보다 당신 기분이 좋다니 정말 기쁩니다."

　"당시, 이 가우루바무의 처지르 노래로 부러 봐……"

하고 노리시게가 갑작스레 말을 꺼냈다. 그는 요즘 심심함을 달래기 위해서 이상한 도락에 열중하기 시작했는데 부인을 따라 와카(和歌)를 배우는 것이었다. 당상관 집안의 여식을 어머로 둔 부인이 온갖 풍류에 정통하고 와카도 잘 읊는 것은 말할 필요도 없지만 그녀의 가르침이 훌륭했는지 노리시게도 어떻게든 서른한 글자[37]를 그럴듯하게 나열할 수 있게 되었다. 무엇이든 배우는 것에는 열심인 성격이라

37　와카는 5-7-5-7-7의 5구, 31음으로 이루어진다.

때때로,

"당시누, 노래르 부러 부아"

라고 어린애같이 즐거워하며 말했다.

부인은 남편의 말을 듣자, 그것을 예상했다는 듯 하루에게 종이와 벼루가 담긴 상자를 가져오라고 시켰다. 시녀가 벼루에 가는 먹 냄새가 물씬 풍기는 가운데 조붓한 종이를 한 손에 들고는 등불 근처로 와 곧바로 막힘없이 훌륭한 필치로 붓을 놀렸다.

노리시게는 솔직히 노래는 아무래도 상관없었지만 부인이 조붓한 종이의 그림자 속에 고개를 숙이고 마음에 떠오르는 문구를 입속에서 이것저것 골라 가면서 깊이 생각에 잠길 때의 표정을 보는 것이 즐거웠다. 왜냐하면 부인의 품위 있고 단아한 얼굴은 그런 식으로 진지하고 차분하게 가라앉아 있을 때 가장 아름답고 고상하게 느껴졌기 때문이다. 노리시게는 언제나 그런 부인의 모습을, 등불 속에서 뚜렷하게 드러나는 부인의 조각 같은 코와 입술의 선을, 홀딱 반한 듯한 눈빛으로 옆에서 바라보면서 "나도 여자를 여럿 알지만 역시 좋은 집안에서 자란 여자는 다르군."이라고 감탄하며 한숨을 내쉬거나 때로는 참을 수 없는 기쁨이 밀려왔는지 싱글벙글 웃기도 했다. 특히 그날 밤 기쿄노카타는 봉서지(奉書紙)처럼 새하얀 얼굴에 약간의 술기운이 올라왔는데, 전형적이고 너무 싸늘해 보이는 얼굴에 무어라 말할 수 없는 요염함을 더하고 있었다. 어쨌든 가와치노스케가 이 장면을 살짝 틈새로 엿보았다면 어떤 기분이었을까. 천장이 높고 으스스한 분위기의 넓은 방 안을 병풍으로 둘러싸 사방에서 밀려오는 새까만 밤의 어둠을 등불로 막아 내면서, 물에 딱 한 방울 기름을 떨어트린 것처럼 유독 거기만 빛이 허락된 작은 공간에 세 사람이 희미하게 앉아 있는 것이다. 부인은 묵묵히 종이 위에 붓을 놀리고 시녀는 조용히 먹을 갈고 주인은 혼자 신이 나서 때때로 술잔을 홀짝이고 있다. 그리고 부인이 적어 준 종이를 눈앞에 펼쳐 읽어 내려갔는데 그 은은한 목소리가 사방의 어둠 속으로 빨려 들어가 무슨 말을 하는지 전혀 들리지 않았다. 병풍 쪽에는 한쪽 귀가 없는 자센가미(茶筅髪)[38]의 목이 큰 그림자를 드리우고, 그것을 뒤로한 주군의 얼굴은 불빛의 가감으로 인해 언청이가 된 입술 부분이 마치 동굴처럼 움푹 파여 귀기(鬼気)를 발산했다. 거기에 기쿄노카타의 요정 같은 아름다움까지 더해 뭔가 이 세상의 것이 아닌 양 오싹했다. 게다가 한적한 깊은 밤, 문밖에서는 가끔씩 비가 쏴 하고 소리를 내며 내린다. ── 그런 실내에서 느껴지는 묘한 느낌은, 과거 다락방에서 수급을 단장하던 광경에 뒤떨어지지 않았을 것이다.

기쿄노카타가 두세 수 적어 낸 후에 이번에는 노리시게가 머리를 쥐어짜며 조금씩 한 수를 만들어 내어 평소에 배운 성과를 보이자 부부는 서로 만듦새를 칭찬하며 우선 그날 밤의 유흥을 우아하게 끝내고 얼마 지나지 않아 두 사람이 문을 닫았을 때 해시가 지나 있었다. 그로부터 잠시 동

---

38 무로마치 시대 말기부터 에도 시대 초기까지 유행했던 남성의 두발 형태. 상투를 만들지 않고 머리를 뒤로 묶어, 다도에서 말차를 저을 때 사용하는 '자센'과 같은 형태로 만들었다.

안 노리시게는 평소처럼 부인을 애무했는데 와카를 안주 삼아 마신 술이 예상외로 꽤나 취한 듯 평소보다 한층 더 끈덕지게 유혹하는 말을 하고 응석을 부리거나 하며 좋아서 어쩔 줄 몰랐다. 그리고 마지막에는 이것도 언제나 하는 버릇인데, 몸도 영혼도 녹아 버린 것처럼 잠시간 잠에 빠져들고는 4시 반 정도가 되면 반드시 눈을 떠 소변을 보러 가는 것이다. 그날 밤에도 그가 한밤중에 문득 일어나 부인의 잠을 깨우지 않기 위해 조용히 곁방으로 오자 거기에 대기하고 있던 하루가 미리 준비해 둔 작은 휴대용 등에 불을 켜고는 앞장서서 복도로 나갔다. 그의 화장실은 부인과 달리 긴 복도를 일직선으로 오륙 간 정도 간 다음, 왼쪽으로 꺾고 난 뒤에 다시 오른쪽으로 꺾이는 곳에 있었다. 그 오른쪽으로 꺾어 들어간 뒤 이어진 두세 간의 복도가 가장 깜깜했는데 한쪽은 벽이고 한쪽에는 정원과 접한 미닫이문이 있었다. 노리시게는 술과 또 다른 환락에 취한 기분이 아직 깨지 않은 발걸음으로 여기까지 와서는 미닫이문 밖 정원에 비가 주룩주룩 내리는 소리를 듣자,

"아지도 그치지 아니네. 자르도 내리느구나."

라고 혼잣말로 잠꼬대처럼 중얼거렸는데,

"정말이지 싫은 비입니다."

하고 시녀인 하루도 멈춰 서더니,

"— 위험합니다. 조심해서 —"

라며 그의 불안한 발끝으로 등불을 비추었다. 그때 그녀 뒤를 쓸어내린 짙은 어둠 속에서 한 줄기 바람이 날갯짓처럼 스르르 공기 중을 가르는 기척이 나자 자신도 모르게 그

녀가,

"아."

하고 말하더니 휴대용 등불을 바닥에 떨어트렸다.

"앤 노미냐?"

순간 노리시게는 어둠 속에서 검은 덩어리가 움직이는 모습을 본 것 같았다. 사람? — 괴물? — 환각? — 떨어진 등불 속 불빛이 꺼지자 완전히 암흑 속에 놓인 그는 자신의 망막에 남은 영상이 대체 실재하는 것의 그림자인지 아니면 비몽사몽간에 잠이 덜 깨서 보인 환영인지, — 하지만 그렇더라도 하루가 이 정도로 말이 없는 것이 이상해서,

"하루! 오또케 데거냐?"

하고 다시 한 번 어둠 속으로 말을 던졌다.

"— 오또케 데거냐니까? 누가 이누고야?"

"주, 주, 주인님. — 빠, 빠, 빨리, — 빨리, — "

그것은 분명 하루의 소리였다. 누군가에게 입이 틀어막히고 목이 옥죄어 오면서도 열심히 저항하고 있는 양 지금이라도 숨이 막힐 듯했다.

"빨리, — 빨리 도망 — 가, 가, 가시옵 — "

하루의 말은 여기서 끝기더니

"음, — "

하고 신음 소리가 난 후 이내 쿵 하고 땅울림을 내며 쓰러지는 소리가 들렸다. 노리시게는 순간순간 숨을 죽이면서 조금씩 복도 한쪽으로 다가가 벽에 거미처럼 등을 붙여 보았지만 다시 뒤에서 휙 하고 쫓아온 자가 갑자기 그의 목덜미를 늠름한 팔로 잡아챘다. 그러면서 무서운 힘으로 세차게

그를 벽으로 밀어붙였다. 노리시게는 자신의 몸이 전병처럼 납작하게 눌리는 것을 느끼며,

　　"이놈!"

하고 몇 번이나 소리를 지르려고 했지만 발버둥 치면 발버둥 칠수록 상대의 팔이 목 깊숙이 파고들었다. 그는 점점 질식해 가는 의식 속에서 "이제 끝났어. 죽는구나." 하고 생각했다. 그 순간 침입자의 손바닥이 자신의 얼굴을 쓰다듬는 것을 느꼈다. 그는 곧바로 비수가 자신의 목구멍을 찌르리라고 단념했지만 침입자는 한쪽 팔로 목을 조르던 중에 다른 한 손으로 두세 번이나 얼굴 위를 마치 혀로 핥듯이 쓰다듬었다. 먼저 한쪽 귀가 없음을 확인하고는 다음으로 입술 위를 만지더니, 코의 시작부터 콧날, 콧대부터 콧구멍, 콧방울에 이르기까지 면밀히 만져 보는 것이다. 노리시게는 점점 정신을 잃어 가면서도 기괴하기 짝이 없었다. 이것은 자신을 우롱하는 것이 틀림없다고 생각해서,

　　"무레안 놈! 머하는 고냐!"

하고 무리해서 소리를 질렀다고 생각했지만, 그 찰나에 스윽 하는 소리가 나더니 자신의 코가 얼굴에서 떨어져 나갔음을 확실하게 의식했다. 왜냐하면 그때 침입자는 일부러 목을 조금 느슨하게 해서 호흡을 편하게 하며, 아니 천천히 외과의사가 메스로 군살을 베어 내듯이 전혀 코다운 것의 흔적조차 남지 않도록 깨끗하게 뿌리까지 잘라 버렸기 때문이다.

　　노리시게가 이윽고 제정신으로 돌아왔을 때는 마치 수

술 후 마취에서 깨어난 상황과 비슷했다. 그는 코가 잘린 것까지는 확실히 알았지만 그 뒤로 어떻게 되었는지 아무것도 기억나지 않았다. 아마도 침입자는 "수술"을 하고 나서 그의 급소를 때리거나 혹은 다시 한 번 강하게 목을 졸랐을 것이다. 그는 그대로 기절했고 정신을 차려 보니 이미 부인의 방으로 옮겨져 누워 있었다. 시녀 하루도 그보다 먼저 쓰러졌기에 그 후에 일어난 신기한 사건에 대해서는 아무것도 몰랐다. 그녀가 살아난 뒤에 한 얘기로는 그 복도에 멈춰서서 노리시게 쪽으로 등불을 내밀었을 때 갑자기 오른팔이 저려서 자신도 모르게 등불을 떨어뜨렸다고 한다. 그리고 깜깜해지더니 순식간에 배후에서 누군가가 달려들었다. 아니, 달려들었다기보다는 마물 같은 것이 소리도 없이 스치고 지나가면서 꼼짝할 수 없이 온몸을 주문으로 속박하는 듯한 느낌, — 그게 아니라면 거대한 곰 같은 짐승에게 붙잡힌 느낌이었다고 한다. 그녀는 입과 머리 주변을 강하게 압박받으면서도 간신히 주인님께 말을 걸었으나 갈비뼈 부근에 타격을 받고 그대로 정신을 잃었다고 한다. 그런 까닭에 만약 그날 밤 기쿄노카타가 잠에서 깨어나 남편과 시녀가 없는 것을 수상히 여기지 않았다면 둘은 언제까지나 복도에 쓰러져 있었을지도 모른다. 부인과 시녀들로 웅성거릴 때, 침입자는 이미 그림자도 보이지 않았고 그저 노리시게의 면상에 선명한 수술 자국만이 남아 있었다. 하지만 이상하게도 침입자는 도망치기 전에 상처에 지혈약을 바르고 납작해진 얼굴 한가운데에 고약까지 붙여 주었다. 이것이 어느 정도 외과 의사의 마음을 잊지 않기 위함인지, 아니면 그 밖에 이유가 있는지 모르겠지만 어쨌든 매우 친절하고 적절한 조치였다. 만약 그렇게 조치하지 않았더라면 불쌍한 환자는 이번 일 탓에 과다 출혈로 죽었을 것이기 때문이다.

이 신기한 일은 이미 독자들도 상상하듯이 다름 아닌 가와치노스케의 소행이었다. 그의 습격이 이처럼 훌륭하게 성과를 낸 것은 물론 기교노카타의 안내 때문인데, 부인과 그는 가에데 모녀를 심부름꾼으로 쓰면서 예의 지하도를 통해 계속해서 연락을 교환하였다. 아마도 모녀 중 한 명이 지하도를 기어가 출구 돌 틈에 뭔가 살며시 글을 꽂아 두면 가와치노스케가 순시 때에 그것을 받아 보고 또 답신을 거기에 끼워 넣는다. 아마 그런 식으로 연락을 유지했을 터다. 그렇게 습격 장소나 시각 등도 이미 계획되어 있었기 때문에 가와치노스케는 다른 사람에게 의심받지 않고 단시간에 일을 완수한 뒤 무사히 돌 낭떠러지 아래로 돌아올 수 있었던 것이다.

또한 그는 노리시게의 상처에 고약을 붙여 주었을 뿐 아니라 한 통의 편지도 품에 넣고 가서 그것을 노리시게의 얼굴 위에 올려 두었다.

내가 어쩔 수 없는 사정으로 작년 이래 코를 노려 왔는데 오늘 밤 운 좋게 목적을 달성하여 만족과 기쁨이 더할 나위 없다. 결코 목숨만은 거둬들이지 않을 테니 이후로는 안심하셔도 좋다.

이렇게 쓰여 있었다는 그 서면의 글귀를 노신들이 어

떻게 해석했는지 모르지만, 이것은 가와치노스케가 준비한 것으로 일단 부인의 소망을 성취한 그로서는 저택 경비가 풀려 부인에게 쉽사리 접근할 수 있는 기회가 오는 일은 아무래도 바람직하므로 이렇게 해서 성안의 불안을 제거하려고 시도했던 것이다.

하지만 이런 친절한 충고에도 아랑곳하지 않고 가문의 무사들은 더욱 방심하지 않고 임무에 따라 밤마다 안뜰 나무 사이를 비추는 화톳불의 수를 점점 늘렸다. 가와치노스케는, 그가 당번이었을 때 이번 사건이 일어났기에 당연히 책임을 추궁당했지만 노신들은 그 처벌에 분명 당황했을 터다. 누가 뭐라 해도 가와치노스케의 담당은 저택 외곽으로 범인이 외부에서 왔는지 내부에 숨어 있었는지는 누구도 단정할 수 없었다. 게으름을 피웠다고 한다면 집안의 모두가 게으름을 피운 것이니 가와치노스케 한 사람만 비난받을 이유는 없었다. 물론 주군이 살해당하기라도 했다면 할복을 피할 수 없었겠지만 기껏해야 아주 일부의 고깃덩이만이 잘렸을 뿐이다. 아무리 큰 나라의 영주이더라도 코와 충실한 부하의 생명을 바꾸는 것은 아까운 일이다. 게다가 노리시게가 코를 베인 것은 가능한 한 비밀로 되어 있어서 저택 내부의 소수 시녀들과 노신들만 알고 있었다. 따라서 공공연히 책임자를 문책할 수도 없다. 하물며 평소에도 명예로운 젊은 무사로서, 또한 무사시노카미 데루쿠니 영주의 아들로서 사람들에게 그 기량을 뽐내는 가와치노스케이다 보니 함부로 처벌하기에는 더욱 조심스러웠다. 뭐 그런 여러 가지 이해(利害)가 고려되어 당분간 칩거를 명령받았는데, 남들이 없는 방에 틀어박힌 그는 이후로 저택의 상황을 생각하며 고뇌의 나날을 보냈을 것이다. 그의 본래 목적은 부인을 위한 복수가 아니라 그 성과가 가져다주는 장면에 있었다. 코가 없는 남편과 세상에 둘도 없이 아름다운 부인, 두 사람을 나란히 보는 것이 그의 소망이었다. 그렇게 꿈꿔 오던 세계가 이제 현실이 되어 부인의 방에서 펼쳐지고 있다는 기대는 그를 심하게 동요시켰다.

이윽고 얼마 지나지 않아 유폐 기간이 끝나고 다시 출사를 허락받았지만 그의 고뇌는 잠시도 멈출 때가 없었다. 이전과 같이 자기가 당번이 되면, 그 사랑의 통로 — 그리운 돌 낭떠러지 아래로 다가갈 수 있지만 더 이상 그 좋은 근무가 자신에게 맡겨질 리 없고, 게다가 최근에는 중신(重臣)인 자가 감독하며 물샐틈없이 경비하는 상황이라 글을 주고받은 일은 고사하고 들리는 이야기로도 저택 안쪽의 소식을 알 수가 없었다. 그뿐만 아니라 더 신경 쓰이는 점은 매일 출사해도 이제 노리시게의 모습을 볼 수 없다는 것이다. 이야기를 들어 보니 그 사건 이후로 주군은 한 번도 가신들과 대면한 적이 없다고 한다. 물론 상단에 발을 치고 그 안에 앉아 때때로 가신들에게 말을 전한 일은 있다. 하지만 말하는 것이 한층 희미해져 들리지 않았고 소리도 다소 변해서 대역이 아닌가 하고 의심하는 사람마저 생겨서 자연스럽게 불길한 억측이 생겨났다. 이렇게 되자 가와치노스케도 자신의 수술 결과에 불안을 느끼지 않을 수 없었다. 그렇게 지혈을 하고 약을 발라 치료하고 왔는데 설마 하는 생각이 들면서도, 간부급 대여섯 명과 측근 두세 명만이 진상을 알고 있을 뿐 집안 사람들 누구도 주군이 살아 있는 증거를 접하지 못한 것이다. 가와치노스케는 적어도 노리시게의 무사한 얼굴, ── 아니, 무사한 모습을 보고 그 안면의 손상 정도를 알게 되었을 때 부인이 얼마나 만족할지를 추측하면서 그녀 눈가에 떠오를 사악한 미소를 망상으로 그려 냈다. 그러면서 어느 정도 목마름을 달랠 수 있으리라 생각하니 노리시게의 코 없는 얼굴도 부인의 얼굴과 마찬가지로 그립게 느껴졌다.

그해 덴분 24년 10월에 연호가 바뀌어 고지(弘治) 원년[39]이 되었고, 노리시게의 몸에 불행을 가져다준 한 해도 지나 새해가 밝더니 고지 2년 병진년 정월이 되었다. 새해 문안을 온 사무라이들이 인사를 올려도 발 안에서 술잔을 내려 줄 뿐, 이렇다 할 인사말조차 들을 수 없었고 상태는 전혀 좋아지지 않았다. 노신들은 이따금 머리를 맞대며 주군이 이렇게 틀어박혀 있으면 성안의 사기도 떨어지고, 무엇보다 꺼림칙한 소문이 생겨서 좋지 않으니 한번 화려한 행사를 개최해 밝게 만들어 보면 어떨까, 그러기 위해서는 무엇보다 주군이 그럴 마음이 되어 "아름다우신 존안"을 여러 사무라이들 앞에 보여 주지 않으면 안 된다, 한쪽 귀가 없는 언청이의 모습에 익숙해져 있던 부하들은 이제 와서 코가 없어진 정도로 놀라지는 않을 테니 그렇게 부끄러운 일도 아니다, 역시나 중요한 것은 용모보다 내면의 정신이다, 얼굴의 생김새가 조금 파손되었다 하더라도 그걸로 주

<hr>

39 1555년.

군을 경멸하는 불손한 자는 한 명도 없을 것이라고, 그런 상담을 하며 주뼛주뼛 주군의 의중을 살펴보았지만 한번 우울증에 빠진 노리시게는 이번 사건으로 더 머뭇거리는 겁쟁이가 되어서 뭐라고 해도 사람들 앞에 나설 수 없는 상태라 노신들이 강하게 권유하면,

"에이 시그러어! 노고 시프면 너이 마으대로 노라! 나는 그르 마으미 어서!"

하고는 기분이 언짢은 듯 벌떡 일어나 버린다.

"소리는 들리지만 모습 보이지 않고"[40]라는 노랫말이 있지만 모습뿐 아니라 소리까지 이렇게 달라져서는 인간의 말인지 동물의 울음소리인지 알 수 없을 정도라 신하들에게 자신이 살아 있다는 증거를 보여 주는 일도 쉽지 않았다. "어떻게든 기분 전환이 될 만한 방법을 찾아야 하는데."라고 노신들이 깊이 걱정한 끝에, "그럼 집안에서 와카를 잘하는 무사들을 모아 대회를 열자."라는 결론이 났다. 예전부터 시녀들을 상대로 집안에서 그런 행사를 종종 했었는데, 이번에는 그걸 서원 앞으로 사무라이들을 불러 모아 꽤나 성대하게 열자는 것이다. 이것은 기쿄노카타의 의견이었는데, 최근 노리시게가 와카에 완전히 빠진 참이기도 했고, 특히나 부인의 요구라 모두 두말없이 그 의견에 동의했다. 노신들도 처음에는 하필이면 왜 와카 경연 대회냐며 너무 제멋대로라고 곤란해했지만 이번 기회로 주군의 기분이 밝아

---

40   "소리는 들리지만 모습 보이지 않고 당신은 깊은 산속의 귀뚜라미(声はすれ
     ども姿は見えぬ 君は深山のきりぎりす)"라는 에도 시대의 노래.

진다면 그 밖에 더 바랄 것이 없으니 우선 사무라이들에게 취지를 알리고 "와카 잘하는 자"는 신분 고하를 막론하고 출석을 허용하겠다는 뜻을 모두에게 일렀다.

때마침 5월 5일, 단옷날을 골라 사무라이들을 모아서 노리시게와 기쿄노카타가 나란히 앉은 자리에서 와카 대회를 열었다. 진즉에 공지가 되었기에 출셋길을 탐내는 자들은 뛰어난 와카를 지어 칭찬받고자 했다. 오지카야마 성안에는 부끄럽지 않을 정도로 기량을 갖춘 무사들이 많았지만 이렇게 풍류를 즐기는 모임이라면 아무래도 서툴렀다. 전장이라면 공명을 두고 다투겠지만 와카로 실력을 보이는 것은 우리 본분이 아니라며 오지 않은 사람도 적잖았다. 모두 생각과 다른 결과에 흥이 깨진 듯 보였다.

라고 『도아미 이야기』는 적고 있다. 당시 난세의 무장이라 해도 와카의 소양을 지닌 자가 적지 않았다고 하지만 그것은 배경이 좋은 영주의 자제나 그런 것이고, 일반 무사들은 문자에 어두웠고 하물며 풍류를 즐기는 자는 드물었다. 가와치노스케는 오지카야마 성내에서 열리는 이 대회에 나갈 자격을 가진 소수의 사람 중 하나였다. 세상에 전하는 무주공의 와카를 보면, 무인의 작품으로는 꽤 형식을 갖추고 있으며 상당한 소양도 있었음을 드러내고 있지만, 그것은 아마도 이 대회 등으로 자극을 받은 탓이리라. 이는 그동안 자신이 가도(歌道)에 소홀했음을 깨닫고 훗날 노력해서 수련을 쌓은 결과로, 이 당시에는 스무 살의 젊은이였으니 특별히 와카를 잘 짓지는 못했을 것이다. 그러나 앞서 말했듯이 주변이 다 무학문맹(無学文盲)이라 어릴 적부터 문무양도(文武両道)의 교육을 받은 그에게 누구보다도 먼저 출석해야 할 의무가 있었음은 분명하다. 그래서 가와치노스케는 이 대회가 부인의 제안이라는 말을 듣자, 어쩌면 오랜만에 연락을 끊고 있던 부인이 어떤 기회를 주는 것이 아닌가 하는 희망을 가지고 설레는 가슴으로 초대에 응한 것이다.

노리시게 부부는 이때도 역시 자리 상단에 발을 드리우고 안에 가려져 있었다. 그리고 방 양쪽으로 늘어선 부하들과 같이 부인이 낸 "두견새" 제목에 맞춰 풍영(諷詠)을 겨루었다. 부하들 중 상당수는 오늘 잘하면 주군의 모습을 볼 수 있다는 호기심에 찾아왔지만, 노리시게는 그저 발 안에서 종이를 건네주며 앞에서 낭독하게 하거나 신하들이 차례로 읽어 가는 것을 가만히 듣고 있었다. 가와치노스케가 헤이안 시대의 귀족이었다면, "두견새"라는 제목이 지닌 절호의 의미를 파악해, 넌지시 발 안에 있는 그리운 사람에게 마음을 전했겠지만 그로서는 그런 재치 있는 흉내따윈 낼 수 없었기에, 그냥 맡은 임무를 다하듯 평범하고 진부하게 서른세 글자를 늘어놓았다. 유감스럽게도 이때 노리시게를 비롯해 다른 이들이 읊은 와카는 기록되어 있지 않지만 어차피 제대로 된 와카는 하나도 없었을 것이 분명하다. 『도아미 이야기』에는 기쿄노카타의 아래 한 수만을 전한다.

> 귤나무 향기, 그 향기 그리워라, 두견새처럼
> 꽃이 지는 마을을, 찾아감이 어떤가

橘の香をなつかしみほとゝぎす

　　花散る里をたづね来よかし

이 와카는 『겐지모노가타리(源氏物語)』의 「꽃이 지는 마을(花山里)」이라는 권에 보이는 히카루 겐지(光源氏의) 노래 ──

굴나무 향기, 그 향기 그리워라, 두견새처럼

　　꽃이 지는 마을을, 물어서 찾아간다
橘の香をなつかしみほとゝぎす

　　花散る里をたづねてぞ訪ふ

를 바탕으로 한 것인데, 아래 네 글자만 바꾼 것이다. 겐지의 경우는, "부인에게 옛날 이야기를 듣는 와중에 밤도 깊어져 갔다. 스무 날의 달이 떠오를 즈음, 큰 나무의 그림자가 일대를 한층 어둡게 하였고 처마 근처의 굴나무 향기도 옛 추억을 떠올리듯 은은하게 전해 왔다. 부인은 나이가 들어도 생각이 깊고 기품이 있었으나 계속해서 옛 추억을 떠올리는 모습이 애처롭고 딱했다. 폐하가 각별히 총애하지는 않았지만 부인을 친밀하고 사랑스러운 분이라 여기셨다고 말씀드려도⋯⋯"라고 히카루 겐지가 레케덴노뇨고(麗景殿の女御)[41]를 찾아가 옛날 이야기를 하는 장면에서 이 와카를

41　헤이안 시대 궁중에 존재했던 후궁의 지위 중 하나. 레케덴은 건물의 이름인데 왕후가 레케덴에 거주할 때는 '레케덴'이라고만 칭하고, 후궁이 거주할 경우에는 '레케덴노뇨고'라고 부른다.

읊는다. 부인의 답가는,

찾는 이 없어, 황량해진 이 집에, 귤나무 향기

귤꽃만 처마에서, 당신을 부르네요

人目なく荒れたるやどは橘の

花こそ軒のつまとなりけれ

그러나 기쿄노카타의 와카는 이런 고사와는 관련이 없다. 그저 두견새를 가와치노스케에 비유해서 "꽃이 지는 마을"을 "코가 떨어지는 마을"[42]이라고 중의적으로 표현한 것에 지나지 않기 때문에 『겐지모노가타리』를 읽지 않은 가와치노스케라도 그 속뜻을 짐작할 수 있었을 터다.

기쿄노카타가 가와치노스케의 정에 이끌리고 그 무사다운 인품에 빠져 스스로 연정을 품게 된 것이 언제부터인지 알 수 없지만, 이 와카를 단순히 "상담하고 싶은 게 있으니 만나고 싶다."라는 의미로 해석하기는 어렵다. 그녀는 서로 왕래가 막힌 사이에 자신도 모르게 그를 사랑하기 시작한 것은 아닐까. 그리고 이 와카야말로 그 연정을 처음으로 표현한 것이 아니었을까.

하지만 경비가 삼엄해져 숨어 들어가는 일이 좀처럼 마음대로 되지 않았다. 조금 시간이 흐른 뒤 경비가 점차 느

---

42 "꽃이 지는 마을(花散る里)"과 "코가 떨어지는 마을(鼻散る里)"은 모두 일본어로 '하나치루사토(はなちるさと)'라고 읽힌다.

순해졌기에 그때부터는 마음 편히 그곳에 드나들었다. 하지만 그건 앞선 가을로부터 실로 일 년 후의 일이다. 그때 그가 남긴 글처럼 아무런 이변이 일어나지 않자 노신들도 드디어 의심을 거둬들인 것이라 생각한다.

그러나 의심을 푼 노신들도 왜 범인이 주군의 코를 노렸는지 그 이유만큼은 마지막까지 납득하지 못했다.

무주공 비화 권 5

가와치노스케가 아버지의 성으로
돌아가 지류 가문의 딸과 결혼하다

이보다 앞서 가와치노스케의 아버지 무사시노카미 데루쿠니는 이미 노령에 이르러 몸 상태가 좋지 않고 병을 자주 앓아서 자신이 죽기 전에 가와치노스케에게 그럴듯한 며느리를 맞게 하여 가문을 승계하게 하려는 마음이 절실했다. 그래서 하루라도 빨리 자신이 있는 다몬야마(多聞山)로 아들을 불러들이기 위해 때때로 쓰쿠마 가문한테 부탁도 했지만 온 나라에 계속해서 시끄러운 풍문이 떠도는지라, 특히 작년 쓰키카타 성의 모반 이래 오지카야마 노신들의 의심이 깊어져 쉽게 부탁을 들어주려 하지 않았다. 하지만 인질이라고는 해도 어릴 때부터 지금까지 십사오 년이나 성에서 자라 몇 번의 전투에서 공을 세웠고, 아버지인 데루쿠니도 쓰쿠마 가문에 다른 마음을 품은 것 같지는 않아서, 고지 3년 가을에 집으로 돌아가는 일이 겨우 허락되었다.

이때 가와치노스케는 아버지 슬하로 돌아와서 기쁘기는 했지만 기쿄노카타와의 이별의 슬픔을 당분간 치유하기 어려웠다. 필요하다면 곧바로 무사 본연의 마음가짐으로 돌아가 태연히 살 수 있지만, 이러한 굳은 의지에도 첫사랑은 각별하다. 하물며 그 사람을 위해 온갖 배은망덕한 죄를 저지르면서까지 열정을 다했는데, 만남을 즐기기 시작한 지 얼마 되지 않아서 헤어지게 된 것이다. 생각하건대 안채의 경비가 느슨해져 그가 자유로이 갱도를 통행할 수 있게 된 때는 작년 가을쯤이었다. 따라서 두 사람이 만났던 기간은 불과 일 년 남짓이다. 그것도 남의 눈을 속이고 찰나의 기쁨만을 누렸을 뿐 단 하루도 진득하게 이야기를 나눈 밤은 없었다. 아니, 그가 사랑한 것은 기쿄노카타보다도 오히려 그녀가 연기한 특이한 역할에 있었고 그래서 더 미련이 남았다. 사실 기쿄노카타 같은 미녀는 앞으로도 만날 수 있을 테지만, 이런 귀부인이 등장하는 특이한 무대, 코 없는 들러리가 등장하는 연극이야말로 그에게는 안성맞춤인 세계였다. 이제는 그러한 배경과 배역에 둘러싸인 고귀한 부인을 볼 일이 두 번 다시 없는 것이었다. 그래서 가와치노스케의 기형적 욕정은 부인을 떠나는 일을 아쉬워함과 동시에, 이러한 환경과 멀어지는 일 자체를 매우 싫어했다. 오로지 두 사람 모두, 쓰쿠마 가문의 멸망이 머지않았음을 기다리며 재회를 기약하고 잠시 작별을 고한 것이다.

지류(池鯉鮒) 가문의 딸 오에쓰노카타(お悦の方), ― 훗날의 쇼세쓰인(松雪院)은 가와치노스케가 다몬야마 성으로 돌아온 지 아직 반년도 되지 않은 에로쿠(永禄) 원년 3월에 기류 가문으로 시집왔다. 그때 가와치노스케는 스물두 살, 쇼세쓰인은 열다섯 살이었다고 한다. 훗날 남편의 한심한

성벽을 고치기 위해 오로지 신불에 기도하며 비탄과 고독의 세월을 보내야 할 운명을 맞이할 이 부인도 결혼 초기에는 매우 명랑한 소녀였다. 그녀 몸에선 성에 눈뜬 기미가 희미하게 느껴졌음에도 불구하고, 아직도 그것을 자각하지 못했고 남편도 굳이 자각시키려 하지 않았다. 남편의 정신을 지배하던 것은 저 멀리 오지카야마 안채의 정경이었으며, 아버지 말씀으로 어쩔 수 없이 혼인한 신부에 대해서는 자신보다 일곱 살 아래에 똑똑하고 죄 없는 소녀라 여기며 방관하기만 했다. 그로서는 신부가 정사(情事)를 모르는 나이인 것이 오히려 다행이었다.

그러나 시집온 지 열두 달이 지난 어느 여름밤 쇼세쓰인이 시녀들과 툇마루에서 바람을 쐬고 있는데 가와치노스케가 갑자기 들이닥쳐서는,

"오늘은 뭐 재미난 걸 하고 놀까?"
라고 전에 없이 웃으며 말했다.

"아버님의 용태는 어떠셨어요?"
라고 쇼세쓰인이 물으면,

"글쎄, 이삼일은 괜찮으신 것 같으니 이제 걱정 안 해도 돼. 그보다 내가 항상 그대를 내팽개쳐서 미안하게 생각해. 오늘은 한가하니 뭐라도 하자."

그런 말을 하며 기분 좋아 보이는 남편의 얼굴을 그녀는 기쁘게 바라보았다.

"무엇을 하고 놀까요?"

"아무거나 좋아. 당신은 어떤 걸 좋아하지?"

"그럼, 반딧불을 잡지 않을래요? 뜰에 나가서 ──"

그녀의 사랑스럽고 반짝이는 눈 속에 어린아이가 뭔가 멋진 걸 생각해 냈을 때 나타나는 희색이 떠올랐다. 혈색이 좋고 풍만한 뺨이 한층 더 반짝이며 말하는 모습은 마치 어린애 같았다.

"— 정원에는 반딧불이 많이 있어요. 저 산성 맞은편 제비붓꽃이 피어 있는 주변에 —"

젊은 부부는 시녀들을 데리고 한참 동안 정원에서 반딧불을 쫓아다녔다.

"여기 이쪽, 이쪽이에요, 모두 이쪽으로 와요."
라고 말하는 쇼세쓰인의 맑은 소리가 시녀들이 떠드는 소리 속에 두드러져 먼 숲속이나 가까운 물가로 퍼져 나갔다. 영주의 공주로 얌전하게 자란 그녀지만 열다섯 살이면 팔다리도 길어지고 온몸에 활력이 넘칠 때라 그녀는 긴 소맷자락이나 옷자락을 거추장스러워하며 마치 작은 사슴처럼 활기차게 달려갔다. 시녀들도 그녀의 그런 모습을 보니 "마님"이라고 부르는 것이 어쩐지 우스꽝스러워서, 무심코 "공주님"이라는 말이 나올 뻔했다.

"이봐, 어이, 난 벌써 열 마리나 잡았어."
라고 가와치노스케도 때로 흥분하며 소리 질렀다.

"억울해! 나는 다섯 마리밖에 안 되는데."

"봐봐, 날았어, 그래, 저걸 잡는 거야!"

그렇게 가와치노스케가 달려가자 그녀도 지지 않고 달음질쳤다. 두 사람이 반딧불 한 마리를 놓고 다투며 연못 주변을 맴돌며 달리는 광경은 화목한 신혼부부라기보다는 순진한 오빠와 여동생이 장난치는 것만 같았다.

밤이 되자 젊은 부부는 수십 마리의 반딧불을 여러 바구니에 담아 방에 늘어놓고 그것을 바라보며 술자리를 벌였지만 둘 다 아직은 어색한 모습이었다. 가와치노스케는 이런저런 시시한 농담이나 익살스러운 말을 꺼내 쇼세쓰인을 웃지 않고는 못 배기게 했다. 시녀들도 젊은 주인님의 이야기가 우습다기보다는 그의 희귀한 탈선이 우스워서 그가 한마디 할 때마다 모두들 배꼽을 움켜쥐었다. 그러자 가와치노스케가,

"기다려 봐. 앞으로 아주 재미있는 걸 보여 줄 테니."
하고 고개를 끄덕이더니 시녀 한 명에게 귓속말로 말했다.

쇼세쓰인을 비롯한 모두의 시선은 곧장 그 시녀를 따라 방 바깥, 겁을 먹고 다다미 복도에 스칠 듯 엎드린 한 남자의 대머리로 집중됐다. 그 머리는 면도 후의 푸르스름하고 말끔한 까까머리였다.

"오, 스님, 왔구나."
라고 가와치노스케가 말하자

"네."
하고 그 까까머리가 작고 가련한 목소리를 냈다.

"저분은 누구입니까?"
그렇게 말한 것은 쇼세쓰인이었다.

"이 남자 말인가? 도아미라는 중인데, 이놈이 오늘 밤 재미있는 걸 보여 줄 거야 ─ "
그렇게 말하고 가와치노스케는

"이봐, 스님, 고개를 들어 봐."
라고 나무라듯이 말하자

"네."

라며 또 비슷한 목소리를 냈다.

"멍청한 놈 같으니, 대답만 하지 말고 고개를 들라고."

"네."

그러자 이번에는 그 대답과 함께 도아미가 불쑥 고개를 들었다. 둥글둥글하고 하얀, 조금은 통통하게 살찐 서른 전후의 중이 부리부리한 큰 눈을 놀란 것처럼 뜨고는 열심히 표정을 만들어 내려는 모습이 그것만으로도 어딘지 익살맞은 데가 있었다. 그 모습을 보고 누군가 낄낄 소리를 내자 온 시종들이 여기저기서 키득거리기 시작했다.

"이봐, 이봐, 아직 웃기에는 이르다고."

라고 가와치노스케가 일동을 말리며 말했다.

"자, 스님, 오늘 밤은 알맞은 때니 그걸 해 봐."

"저, ― 그거라고 하시면? ― "

그리고 도아미는 개가 주인 눈치를 살피듯 가와치노스케를 올려다보며 계속 눈을 깜박였다.

"아하하하, 바보, 너는 흉내 내는 거 잘하잖아. 새 흉내, 벌레 흉내, 짐승 흉내, 인간 흉내, ― 울음소리든, 몸짓이든 뭐든 따라 하지. 그건 대단한 재주야. 그걸 해 보라고."

"제가 저 사람한테 물어봐도 돼요?"

라고 쇼세쓰인이 말했다.

"좋아. 뭐든지 물어봐. ― 그래, 당신이 주문을 하면 되겠군."

"도아미야, 너 뭐든 따라 할 수 있어?"

"황송합니다. 어, 어떻게 말입니까?"

도아미는 또 까까머리를 다다미 바닥에 조아리며 애달
픈 목소리로 말했다.

"── 황당한 이야기를 들으셨군요. 송구하지만 저에게
그런 능력은 ──"

"이봐, 이봐, 거짓말을 하면 안 되지. 나한테는 몇 번이
나 보여 줬잖아."

"도련님, 못할 말이십니다. 마마님과 시녀들 앞에서 그
걸 어떻게 할 수 있겠습니까."

"하하하, 능력 있는 매는 손톱을 숨긴다고 하더니 네가
그렇구나."

"노, 노, 농담을 하시면 ──"

"해 봐, 해 봐. 꼭 하라고. 그러려고 불러낸 거야."

"도아미 씨, 반딧불 흉내를 내 보세요"
라며 쇼세쓰인이 개구쟁이같이 눈을 번득였다.

이 도아미는 무주공에 관해 귀중한 기록을 남긴 『도아
미 이야기』의 필자며, 전부터 이 성안에서 일하면서 농담이
나 애교를 팔았는데, 그날 밤 처음으로 여자들에게 말상대
를 하기 위해 젊은 부인의 방으로 불려 온 것이다. 도아미
자신이 말하길,

늙고 어리석은 내가 젊었을 때 다몬야마 성안에서 봉공하
는 일을 하면서 얹혀살 때 즈이운 님, 그때는 아직도 가와치노
스케라고 불리던 젊은 주인님이 이건 꽤 웃기는 중이라고 말씀
해 주셔서 이 어리석은 늙은이는 고맙게 여기며 매일 열심히
노력했는데, 하루는 나를 부르시더니 너는 흉내를 잘 내니까

오늘 밤 여자들한테 볼거리를 마련해 보라고 말씀하셔서서 황송하게도 쇼세쓰인 님에게 보여 드리는 것을 허락받아 운운.

라고 한다.

그런데 도아미는 쇼세쓰인의 주문이 어려웠기에,

"뭐라고 말씀하셨나요? 반딧불 흉내요? — 저, 반딧불?"

이라며 울상이 되어 뒷걸음질을 치며 이러쿵저러쿵 우는소리를 하면서 잠시 모두를 애태웠지만 사실 그것은 상투적인 수법으로 항상 그렇게 말하며 우물쭈물하다가 사람들을 놀라게 하는 것이다. 그는 시녀들이 소란스럽게 재촉하는 것을 기다려 마치 곤란하다는 얼굴로 일어나서 어디선가 부채하나를 가져왔다. 그리고 다다미방의 어두운 쪽으로 가서는 스스로 자신의 까까머리를 부채로 치는 것이었다. 탁 하고 부채가 머리에 닿으면 두둥실 머리가 하늘로 날아간다. 날아가면서 그가 눈을 끔뻑하는 이상한 표정의 움직임이 그야말로 반딧불이 빛났다 사라지는 느낌이었다. 부채를 든 손도 다른 사람이 반딧불을 쫓는 것처럼 보였다. 그 손이 부채로 머리를 누르자 머리는 당황하여 부채 아래에서 뛰쳐나오려고 한다. 부채가 딱딱 머리를 두드리자 날아 도망치고 또바로 붙잡는다. 그것은 반딧불과 사람의 쫓고 쫓기는 모습을 묘사한 것이었는데, 한 사람이 하는 곡예라고는 생각되지 않을 만큼 능숙한 솜씨였다. 가와치노스케의 계획은 완전히 들어맞아 쇼세쓰인도 시녀들도 어디서 이런 이상한 스님이 나타났는지 의아해하며 연기를 하는 내내 그의 일거수

일투족에 몸을 가누지 못할 정도로 웃었다. 반딧불 다음에
또 이런저런 고약한 주문이 나오면 그때마다 울상을 지어
곤란한 척하면서도, 결국 그가 못 하는 것은 없었다. 아무리
어려운 새나 짐승, 벌레 흉내도 순간의 버릇을 파악하여 목
소리와 몸짓, 하여튼 사람이 "비슷"하다고 수긍할 때까지
표현하는 것이었다. 무엇보다 그는 놀랄 정도로 표정술의
명인이었다. 섬세한 눈의 사용, 주름 짓는 법, 입을 일그러
뜨리는 방법으로 기분이나 형상, 운동이나 색채까지 암시했
다. 그뿐만 아니라 이 중은 무대에 익숙한 예능인처럼 구경
꾼들의 마음을 헤아려 분위기가 가라앉으면 또 다른 손으로
비위를 맞추는 짓을 잘했다. 그리고 이제 이 정도로 끝인가
하고 생각하면 동물 흉내를 일단락 짓고는 이번엔 주정꾼이
나 얼간이, 맹인 흉내를 내서 금세 새로운 웃음 바람을 일으
켰다.

젓가락이 굴러가는 일조차 우스울 나이인 쇼세쓰인은
태어나서 이렇게 우스꽝스러운 재주를 본 적이 없어서,
    "아 죽겠다, 너무 힘들어."
라며 눈에 눈물을 글썽이며 옆구리를 계속 눌렀다. 그녀는
그날 밤 완전히 도아미가 마음에 들어서,
    "나 오늘 저녁처럼 웃어 본 적이 없어요."
라며 여흥이 끝나자 가와치노스케에게 말했다.
    "근데 어디서 온 이상한 중인지 모르지만, 저 남자가
있으면 하루 종일 심심하지는 않겠어요."
    "하하하하, 그렇게 재미있었어?"

"네, 가끔 저 중을 불러 주실 수 있어요?"

"응, 마음에 들면 당신 옆에서 부려. 저놈은 안방에서 도움이 되는 녀석이니까."

그렇게 말하며 가와치노스케도 유쾌하게 웃었다.

그 후로 도아미는 쇼세쓰인의 부름으로 안채에 와서는 자토(座頭)와 같은 마음가짐으로 시녀들의 기분 전환 역할을 도맡았고, 타고난 기지와 해학으로 그는 며칠 안 가서 인기인이 되었다. 마침내 여기저기서 '도아미, 도아미.' 하며 귀중히 여겼다. 그가 오고 나서 안채는 언제나 웃음소리로 가득했다.

"도아미가 없으면 아무래도 쓸쓸해서 못 견디겠어."

가와치노스케도 이렇게 말하며 시종 부인의 방에 놀러 와서 그의 익살에 흥을 내고는 때때로 야단법석을 떨었다. 쇼세쓰인은 여태껏 쌀쌀맞던 남편의 태도가 바뀐 것을 이 중 때문이라 여겨 한층 더 도아미를 반겼다.

그러던 어느 날 밤 가와치노스케는 부인의 방에서 술을 마시며,

"어때, 항상 도아미의 재담만 들으면 재미가 없으니, 오늘 밤은 내가 도움 되는 이야기를 하나 해 줄까?"

라고 하는 것이었다.

"도움 되는 이야기요?"

"그래, 당신들은 이렇게 매일 마음 편히 지내는데, 만약 이 다몬야마 성이 적에게 둘러싸이면 어떻게 할 거야? 그럴 때는 여자들도 싸워야 하는데, 그러한 마음가짐에 대한 이야기야."

"아, 그거 좋네요. 들려주세요."

쇼세쓰인은 여느 때보다 진지한 얼굴을 한 남편의 모습에서 늠름한 용사의 면모를 본 듯한 기분이 들어 무심코 자세를 고치며 말했다.

"여자는 전쟁터에 나가지 않아도 되지만 농성 중일 때는 그에 걸맞게 여자로서 할 일이 있어."

— 가와치노스케는 그렇게 말하며 덴분 18년의 가을, 자신이 열세 살 때에 경험한 오지카야마의 농성부터 설명하기 시작하였는데,

"예컨대 수급 단장이라는 것이 있는데 말이야 —"
하며 차례로 이야기를 저 다락방 광경으로 이끌어 갔다. 그리고 수급을 씻는 법, 머리를 묶는 법, 명찰을 붙이는 법 등을 자세하게 설명하는 것이었다. 부인 외에 자리에 앉아 있던 네다섯 명의 시녀들도 모두 열심히 귀를 기울이고 그의 입을 쳐다보며 듣다 보니 가와치노스케도 점점 경청하는 이들에게 탄력을 받은 듯했다. 오늘 밤처럼 그가 차분하게 이야기하는 경우는 드물었는데, 그렇게 조용히 말하기 시작하자 그의 언변에는 이상하게도 신통한 힘이 있어서 한 마디 한 마디 엄숙하고 범접할 수 없는 묵직함으로 가득했다. 게다가 그는 어느 틈에 그런 수행을 쌓았는지 대단히 교묘한 화술로 그 다락방에서 목격한 수많은 수급의 종류, 표정, 피부색, 혈흔, 냄새에 이르기까지 마치 눈앞에 그려지는 듯한 말로 묘사하는 것이었다. 쇼세쓰인과 시녀들은 그의 기억이 명료하고 생각 외로 이야기를 잘하는 데에 우선 놀래서 자신들이 그 자리에 있는 양 저도 모르게 손에 땀을 쥐며 숨을

죽이고 긴장한 채 이상하게 빛을 더해 오는 그의 눈동자 속으로 빨려 들어가게 되었다.

"아니야, 이야기만으로 그대들이 알겠냐만은 ——"

이렇게 말하며 가와치노스케는 조용하고 으스스한 방 안을, —— 등불 빛이 닿지 않는 어두운 네 귀퉁이를 —— 뭔가를 찾듯이 둘러보기 시작했다. 그때 시녀들 모두가 이상하게 흠칫 놀랐다. 방금 전의 말이 분명 가와치노스케의 입에서 나왔지만 그 음성과 상태가 지금까지와는 달리 뭔가 더 특별해진 듯했기 때문이다. 그뿐만 아니라 경련이 일어난 듯 실룩거리는 의미 모를 미소가 그의 얼굴에 떠올라 얼굴 빛이 창백해져서는 곧이어 발끈 상기된 것처럼 붉어졌다.

"—— 역시 뭐랄까, 수급 단장은 실제로 연습해 보면 잘 알 텐데, 그러려면 진짜 수급이 있어야 해."

"진짜 수급?"

그러자 쇼세쓰인이 겁에 질린 듯한 소리를 냈다.

"당신, 수급을 보는 게 무서워?"

"아니요, —— 근데 그런 걸 어디서 가져와요?"

"하하하, 당신도 무사의 아내가 아닌가, 수급이라는 말을 듣고 안색을 바꾸면 안 돼."

그녀는 사실 수급을 보는 것이 두렵다기보다 뜨겁게 뭔가에 홀린 듯한 남편의 눈이 더 두려웠다. 그 눈과 그의 입가에 떠도는 히죽거리는 웃음이 전혀 조화롭지 않게 느껴졌다. 하지만 그런 말을 듣자 그녀 역시 엄한 기색을 띠었다.

"아니요, 저는 그런 겁쟁이가 아니에요. 수급 같은 건 무섭지 않아요."

"틀림없이 무섭지 않다는 거지?"

"물론이에요."

"그럼, 볼 용기가 있는 거구나."

"볼 수만 있다면 보겠어요."

"보여 주지."

그렇게 말하고 그는 시녀들을 돌아보았다.

"자, 너희도 용기를 내 봐. 지금 수급을 가져와서 가르쳐 줄 테니 단장하는 법을 연습해 봐. 그 정도는 익혀 둬야 막상 할 때 도움이 되지."

그의 혈색이 다시 파랗게 된 것을 보고 시녀들은 허둥지둥 댈 뿐이었다.

"도아미를 불러와."

라고 말하며 그는 무릎 앞에 놓인 술잔을 단숨에 비웠다.

어느 날 밤 주인님 앞으로 갔더니 마님도 같이 계셨는데, 즈우인 님이 나를 가까이 부르시더니 불쌍하지만 내가 오늘 밤 너의 목을 취하겠다고 말씀하시며 당장이라도 목을 베실 태세였다. 전혀 경험하지 못했던 일이라 크게 놀라 이래저래 슬퍼하며 탄원해 보았지만 들으시는 기색이 없어 더 이상 피할 수 없다고 생각해 각오를 다졌는데, 평소에도 늘 자비롭던 쇼세쓰인 님이 이 몸을 가련하게 여기셔서 간언하시며 그만둘 것을 부탁드렸다. 그러자 갑자기 껄껄 웃으시더니, 아니 이자는 자토인데 내가 죄 없는 자에게 왜 해를 끼치겠는가, 라고 하시며 너는 그래도 운이 좋구나, 하며 하지만 목숨을 구한 대신에 잠시 죽은 척하며 여기서 수급 흉내를 내 보아라, 그러면 죽이지 않으마, 라고 말씀하시니 이는 또 어찌 된 영문인지 몰라 어안이 벙벙한 사이에 방의 다다미를 한 장 정도 빼내고는 그 아래 목판을 두 자 정도 잘라 내시더니, 너는 여기 아래로 들어가 구멍으로 목을 내밀어라, 하고 말씀하시었다.

결국 도아미는 그 구멍으로 얼굴만 내밀어 마치 목이 마루 위에 놓인 것처럼 하였다. 흉내를 잘 내는 그이기에 그리 어려운 일은 아닐지도 모른다. 그러나 꽤 장시간 동안 눈썹 하나 까딱하지 않고 같은 표정을 지으며 버티고 있는 걸 상상해 보라. 도아미에게 맡겨진 일은 실로 그렇게 곤란한 역할이었다.

"알겠는가, 정말 죽었다고 생각해. 이제 괜찮다고 할 때까지 가만히 있어. 만약 조금이라도 움직인다면 그땐 정말 벨 거야."

가와치노스케는 사전에 그에게 경고했다. 그리고 시녀들을 향해서도

"알겠느냐, 너희들도 정말로 죽은 사람의 목처럼 생각해. 절대로 도아미가 살아 있다고 생각하지 마."

라며 엄하게 말했다. 그리고 세 명의 여자를 골라 목을 씻기는 역, 화장을 하는 역, 명찰을 달아 주는 역할을 각각 맡겼다.

바가지, 대야, 목판, 책상, 향로 등 다락방 장면을 재현하기 위해 필요한 소품들을 갖추자 불쌍한 도아미는 어깨 아래를 마루 밑에 파묻고 하나의 숙연한 수급이 되었다. 그 죽은 얼굴 표정은 꽤 교묘했지만 평소 익살스러운 사람됨

을 생각하면 그것이 교묘할수록 오히려 그의 불편한 정도가 추측되어 우스워 보였다. 시녀들은 수다쟁이 익살꾼 중이 그저 목숨이 아까워서 이렇게 이를 악물고 있다고 생각하니 가련한 생각이 들기보다 뭔가 장난을 쳐서 재채기라도 하게 만들고 싶은 기분이었다. 그러나 이때의 도아미의 고통은 본인의 입장에서는 전혀 웃음거리가 아니었다. "자신은 무념의 형상을 기리며 눈동자를 한 점에 집중한 채 눈꺼풀을 조금 벌리고 있었는데 입에 침이 고여도 삼킬 수 없고 콧구멍이 가려워도 얼굴을 찌푸릴 수 없으며 특히 무엇보다 괴로운 것은 눈을 깜빡할 수조차 없는 것으로 이런 애달픈 생각을 하다 보면 차라리 정말 죽는 편이 낫다."라고 천하의 도아미도 수기 속에 불평을 늘어놓은 것을 보면 어지간히 가슴에 사무친 사건이었으리라. 게다가 그렇게 하고 있을 뿐 아니라, 시녀들이 그 목을 연습용으로 마구 만지작거렸기 때문에 더욱 죽을 판이었다. 하지만 도아미에겐 어딘지 모르게 보통 사람과 다른 면이 있어서 그런 괴로움을 달래며 그 주변을 가능한 한 주의해서 관찰하였다. 그래 봤자 앞서 말했던 것처럼 눈동자는 한 점을 노리며 실눈을 뜨고 있을 따름이라 시야에 들어오는 것은 극히 일부였다. 그러면서도 그는 사람들의 모습에 신경을 쓰며 방 안에서 일어나는 일들을 보거나 듣거나 하였던 것이다.

'수급이 된 도아미'가 가장 기이하게 생각한 점은 즈이운인 님, ─ 즉 가와치노스케가 이 바보 같은 수급 단장 실습에 한없이 성실한 것이었다. 시녀들은 예의 빗 손잡이로

도아미의 머리 꼭대기를 두드릴 때, 그가 너무 열심히 죽은 사람의 얼굴 모습을 하고 있어서 무심코 웃었지만 그것을 들은 가와치노스케는,

"누구냐? 지금 웃은 사람이 ─ "

라며 눈빛을 바꾸어 꾸짖었다. 그는 엄숙한 분위기를 유지하기 위해 낮은 음으로 소곤소곤 말하며 여자들에게도 절대 고성을 금했다. 어쩌다 그가 주문한 대로 행동하지 않은 자가 있으면 매우 언짢아 보였다. 처음으로 시녀들은 오늘 밤 그의 생각이 너무 엉뚱해서, 이건 주인님과 도아미가 미리 짜고 자신들을 겁주려는 장난이리라 반쯤 그렇게 의심했다. 사실 아무리 도아미의 표정이 훌륭하더라도, 또 좋은 솜씨로 마루에서 목을 빼고 있더라도 실제로는 몸통에 연결되어 있으니 자유롭게 뒤집거나 들고 움직일 수 없기 때문에 연습용으로 결코 적당한 물건은 아니었다. 무엇보다 도아미의 까까머리로는 머리카락 묶는 연습에도 지장이 있었다. 차라리 간단하게 수박을 가지고 왔더라면 방바닥에 구멍을 뚫는 수고는 덜었을 것이다. 게다가 가와치노스케의 태도가 오늘따라 유난히 고지식한 점도 뭔가 사연이 있는 것 같아서 곁에 있던 그녀들로서는 과연 진심인지 농담인지 알 수 없었다. '수급이 된 도아미'도 그녀들과 같았다. 이건 어쩌면 주인님과 시녀들이 나를 곤란하게 하며 즐거워하려는 것은 아닌지, 그도 은근히 그렇게 생각했다. 그러나 때때로 그의 시야 속에 들어온 가와치노스케의 얼굴에는 도저히 그런 장난의 기색이 보이지 않았다. 도아미는 그 얼굴의 존재를 눈앞 어딘가에서 아련하게만 느낄 뿐, 제대로 바로 볼 수 없었

던 탓에 그 모습이 무서운 미소를 띠고 있는 듯 상상되었다. 그리고 그런 식으로 상상된 이유 중 하나는 가와치노스케의 목소리에 있었다. 그가 소곤소곤 속삭이는 것처럼 말하며 시녀들에게 강의하는 목소리는 마치 열병 환자처럼 메마른 듯 말라비틀어져 묘하게 신경질적이고 여성적으로 들렸다. 도아미는 아직 가와치노스케의 이런 이상한 목소리를 들어 본 적이 없었다. 원래 가와치노스케는 굵고 웅장한, 그야말로 전장에서 단련된 무인의 목소리를 지니고 있었다. 그런데 오늘 밤에는 신경질적이고 격앙된 상태를 억지로 억제하는 양 어색하게 떨리는 목소리를 내는 것이었다.

그건 그렇다 하더라도 '수급이 된 도아미'는 이윽고 몹시 불안해졌다. 그건 수급 단장의 설명이 점차 진행되어 '온나쿠비'에 대한 설명이 시작되었기 때문이다. 가와치노스케는 도아미의 목덜미를 가리키면서 "이 목은 코가 있기 때문에, 실감이 나지 않아."라든지, "역시 진짜 온나쿠비가 아니면 훈련이 힘들어."라고 말하는 것이었다. 듣고 있던 도아미는 완전히 정신이 없었다. 아무래도 이야기의 진행 방향이 좋지 않다, 이렇게 되면 결국 얼굴의 중요 이목구비가 잘릴지도 모른다, 목숨은 구했지만 코는 잃을 것 같다…….예상대로 가와치노스케는 도아미의 코끝을 손가락 사이에 끼우더니,

"이봐, 저거. 저 면도칼을 가져와."
라고 하는 것이었다.

"내친김에 이런 방해물은 잘라 내는 게 좋겠다. 그러면 여기가 납작해져 진짜 온나쿠비가 되겠지. ── 오늘 밤은 뭐

든지 실전처럼 하는 거니까. ─ "

결국 올 것이 왔다고 도아미는 이미 단념하고 있었는데 이번에는 쇼세쓰인을 비롯한 시녀들이 아연실색했다. 왜냐하면 가와치노스케가 왠지 모르게 미친 사람처럼 핏발 선 눈을 희번덕이며 늘어선 시녀들을 한 사람, 한 사람 검사하듯이 노려보았던 것이다.

"뭐하는 거냐, 면도칼 들고 오라는데. ─ "

가와치노스케의 눈은 이때 오히사(お久)라는 제일 미모가 아름다운 열일고여덟쯤 되는 시녀 위에 머물렀다. 그녀는 그 날카로운 시선을 피하고자 몸을 움츠리고 천진난만한 통통한 얼굴을 가리며 빨리 이 공포가 지나가기를 바라는 듯했지만 가와치노스케는 그녀 어깨를 감싼 머리카락과 무릎 위에 놓인 하얗고 긴 손가락을 바라보며 다시 그 경련 같은 미소를 입가에 띄우며,

"오히사."

하고 불렀다.

"너, 그 면도날을 가져와라."

"네?"

오히사의 답변은 알아들을 수 없을 정도로 희미했다. 그리고 그녀가 고개를 숙이고 일어서자 잠시 고요해진 방의 공기가 잔잔한 바람을 일으키며 등불이 흔들흔들 도아미의 죽은 얼굴 위에 그림자를 드리웠다.

그런데 가와치노스케는,

"여기에 앉아."

하더니 그녀를 목 앞에 앉히고 나서

"네가 잘라."

라고 하는 것이다.

"자, 면도칼을 이런 식으로 가지고 말이야. ― 그래. ― 그리고 이 코를 여기서 이렇게 평평하게 깨끗이 자르는 거야."

"네, 네 ―"

"해 봐. 이건 죽은 사람의 목이라 조금도 겁낼 거 없어."

"하지만 그게 ― 부디 용서해 주십시오. ―"

"아니, 안 된다. 잘라! 자르라는 말이다!"

면도칼을 든 채 덜덜 떠는 오히사는 가와치노스케의 질타도 무서웠지만 그보다 도아미의 얼굴 표정이 무서웠다. 왜냐하면 이런 상황이 됐는데도 도아미는 여전히 눈동자를 한 점에 두고 아까부터 표정을 한 치도 무너뜨리지 않고 기분 나쁠 정도로 얌전하게 있는 것이었다. 그녀는 이제 어쩌면 도아미가 정말로 죽어 버린 것이 아닐까 하고 생각했다. 그녀는 시험 삼아 그의 콧등을 눌러 보기도 하고 쓰다듬어 보기도 했다. 그러자 그녀의 가는 손가락 끝이 차갑고 미끈하게 젖어 있었다. '수급이 된 도아미'의 이마에서 관자놀이 주변으로 식은땀이 흐른 것이다. 그리고 면도칼이 그 목 앞에 번뜩이는 순간, 갑자기 죽은 얼굴의 안색이 확 파랗게 변해 갔다.

"당신 ―"

그때 쇼세쓰인이 말을 걸었다.

"──제가 부탁드립니다, 용서해 주세요."

"아니, 죽은 사람의 코를 자르는 건 쉬운 일이야. 피 보는 걸 두려워해서는 아무 소용이 없으니 오히사에게 그 수행을 시켜 주려고."

"하지만 도아미가 불쌍해요. 자, 저 모습을 보세요. 저렇게 열심히 분부를 지키다니 기특하지 않으세요? 네, 제발 저 열정을 봐서 용서해 주세요."

"하하하."

갑자기 가와치노스케는 수줍은 듯한 표정을 지으며 힘없는 목소리로 웃었다.

"좋아, 좋아. 당신이 그렇게 말하면 그만두지."

"저기, 정말로 그만하실 거죠?"

"멈춰. 멈춘다고. 그 대신 좋은 생각이 났어."

또다시 무슨 말을 꺼낼까 하고 일동이 불안에 사로잡혀 있자,

"하하하."

가와치노스케는 한층 밝게 웃었다.

"아니, 다들 걱정하지 말라고. 자른다고 한 건 농담이야. 이놈이 너무 흉내를 잘 내서 장난친 거야."

그렇게 말하더니 이번에는,

"이놈아."

라며 도아미 쪽을 되돌아보았다.

"네놈은 정말 기특한 놈이야. 지시를 잘도 지키고 있구나. 너의 마음씨에 탄복하여 코를 자르는 건 용서해 주겠지만, 그 대신 이 코를 연지로 빨갛게 칠해 버리겠다. 하하

하,— 어때, 중놈아 고맙지? 그렇다면 대답을 해.”

수급은 그래도 숙연히 돌처럼 잠자코 있더니,

“이봐! 답을 해! 지금만 말하는 걸 용서하겠어!”

그렇게 말하자,

“네.”

하고 처음으로 소리를 냈다. 하지만 역시 죽음의 표정을 그대로 유지한 듯 어딘가 목이 아닌 곳에서 소리가 난 것 같았다.

“어때, 이놈아, 괴로워?”

“네.”

“힘들어도, 잘리는 것보다 낫지?”

“네.”

“아하하하, 정말 재미있는 녀석이야.”

얼마 후 오히사가 면도칼 대신에 빨간 붓을 꺼내 도아미의 코끝을 새빨간 색으로 칠하자 젊은 여자들은 이제까지의 무서움을 잊어버린 듯 웃음을 터뜨리기 시작했다. 특히 쇼세쓰인은 특유의 화사한 목소리로 소리 내어 웃었다. 어느덧 그녀들은 가와치노스케의 오늘 밤 행사가 결국은 질 나쁜 농담이었다고 여기게 되었고, 결국 도아미 혼자만이 모두의 조롱거리가 되어,

“도아미 씨, 도아미 씨.”

하며 머리를 때리거나

“이봐, 너는 죽은 거야, 움직이면 주인님께 말씀드려서 목이 날아갈 줄 알아.”

라며 귀와 뺨을 당기곤 했다. 그리고 도아미가 겨우 그 구멍

에서 나오는 것을 허락받은 때는 ― '살아 있는 도아미'로
다시 돌아갈 수 있었던 때는 ― 모두가 온갖 장난 끝에 방을
나간 뒤였다.

감사의 눈물을 흘리는 도아미와
비탄에 잠긴 쇼세쓰인

가와치노스케의 흥취는 그날 밤으로 끝나지 않았다. 다음 날 밤이 되자 그는 처음부터 장난스러운 심정으로 자신이 대장이 되어 쇼세쓰인이나 시녀들을 부추겨서 도아미의 머리를 여기저기 마구 주물럭댔지만 끝내는 다시 코를 빨간색으로 물들이게 하고,

"오늘 밤은 이 목을 바라보며 자도록 하자."

하며, 갑자기 자신들의 침상을 그 방으로 옮겨 와 부부는 도아미의 빨간 코를 즐기며 잠이 들었다.

이것은 도아미에게 전날 밤보다 더 격한 고행이었다. 전날 밤은 저녁 시간 동안만 참으면 됐고 밤이 깊어져서는 자유의 몸이 될 수 있었는데, 그날 밤은 구멍에서 목을 뺀 채 한밤중까지 마루 밑에서 잠자리에 든 것이다. 그의 수기로 상상하자면 그 방은 상당히 넓으며 그가 고개를 내밀고 있던 구멍은 방 중앙에 있었던 것 같다. 가와치노스케는 쇼세쓰인의 침상을 그 구멍이 있는 곳, 즉 도아미의 목이 있는

위치에서 다다미 서너 장 정도의 거리를 둔 뒤, 거기서 또 한 장만큼 떨어진 자리에 자신의 잠자리를 깔았다.

여름이라 젊은 부부의 잠자리 위에는 거기에 어울리는 얇은 모기장이 달려 있었다. 그리고 도아미 목 양쪽에 등불이 놓여 있고 그 뒤에 병풍을 둘러 모기장 안에서는 목이 있는 장소가 밝게 보였지만, 도아미 쪽에서는 어두운 곳에 둥둥 떠 있는 모기장만이 어렴풋이 보일 뿐, 안에 있는 부부의 모습은 전혀 보이지 않았을 것이다.

그러나 도아미의 수난은 이뿐만이 아니었다. 부부가 시녀들을 물리고 모기장 안으로 들어간 것까지는 좋았는데, 베갯머리에서 다시 술잔을 기울이기 시작하면서,

"저기, 정말로 온나쿠비라는 게 이런 건가요?"

먼저 쇼세쓰인이 물었다. 그녀는 그다지 술을 즐기지 않았지만 그래도 취하면 웃는 버릇이 있고, 특히 그날 저녁은 모처럼 남편에게 잔을 받아 아주 기분이 좋아 보였다.

"아니, 전혀 이런 게 아니야. 정말 온나쿠비라면 저 코의 빨간 곳이 시커멓게 움푹 파여 있어서 이보다 훨씬 징그러워."

그런 말을 듣자 쇼세쓰인은 곧 웃음을 터뜨렸다.

"그런데 당신, 단둘이 되니 저 목이 조금 무섭지 않아?"

"아니요, 전혀 무섭지 않은걸요."

"이 방에 내가 없으면 어때?"

"안 계셔도 돼요. 저런 빨간 코가 달린 목 같은 거 우스울 뿐이에요."

"그런데 어젯밤에 내가 면도칼을 가져오라고 했더니 갑자기 새파랗게 질린 건 누구였더라?"

"거짓말, 그런 말씀하지 마세요."

"아니 정말이야. 당신 평소보다 훨씬 창백했어."

"그야, 도아미가 불쌍해 보여서 그만두시라고 한 거예요. 두려웠던 게 아니에요."

"그렇단 말이지."

"너무해요! 나를 그런 겁쟁이라고 생각하시는 거예요?"

"그럼 저게 실제 죽은 사람의 목이라면 당신은 코를 자를 용기가 있나?"

"네, 그렇고 말고요. 오히사보다는 내가 훨씬 더 강해요. 실은 좀 더 무섭게 해 주시는 게 훨씬 낫지만요."

부부는 이런 농담을 한 끝에 무슨 말이 계기가 됐는지 뉴도쿠비를 어떻게 다루는지 이야기하게 되어,

"아, 그러고 보니, 당신은 저 까까머리 목 어디에 명찰을 달 거야?"

라고 가와치노스케가 말했다.

"그러게요, 어디에 달면 좋겠어요?"

"저런 머리는 귀에 구멍을 뚫어서 거기로 끈을 연결시키는 거야"

"음, 저 귀에 구멍을 뚫어. ── "

쇼세쓰인은 다시 함박웃음을 지었다.

"── 그렇게 하는 것 외에 방법이 없겠네요."

"어때, 당신. 용기가 있으면 한번 해 보지 않을래? 괜찮

은데."

"뭘로 뚫어요?"

"송곳 끝도 좋고 칼끝도 좋아. 조금 찌르는 것뿐이야. 아프고 말고 할 것도 없어."

"그래요? 가엾어 보이는데, 해 볼까."

"해 봐, 해 봐."

"호호호."

"웃어넘기려 하다니 비겁해."

"호호호, 넘어가려는 게 아니에요. 저 얼굴을 보면 볼수록 해 보고 싶어져요."

"뭐랄까, 꼭 하게 해 주세요, 라고 말하는 것처럼 보이는데."

"오호호, 정말로 괜찮은 거죠?"

"괜찮아, 상관없어."

"도아미, 우리 이야기 들려?"

그러면서 쇼세쓰인은 모기장 밖을 바라봤다.

"저기 너. 지금 우리가 얘기하고 있었던 게 들렸어? 용서해 줄테니, 답을 해."

"네."

라고 도마이의 목이 대답했다.

"저기, 조금 찌르는 것뿐이니 조금만 참아."

"네."

"그렇게 아프진 않다고 하니까."

"네."

"나, 네가 그 얼굴로 귀에 명찰을 달고 있는 걸 생각하니 참을 수가 없어서 ─ ”

"네 ─ 지당하십니다. ─ ”

"오호호, 자, 이제 좀 가만히."

술이 과한 탓인지 평소의 얌전함을 잃고 그녀가 그런 말을 하자 말괄량이 소녀가 떠드는 것 같았다.

"당신, 자, 잘 보세요."

"명찰을 준비해야겠군. 종이와 칼을 가져와."

"네, 여기 있어요."

벌써 그녀는 모기장 밖 연갑과 용지함에서 작은 칼과 종이를 꺼내면서 시종 즐거운 듯이 웃고 있었다.

이하, 도아미가 말한 것을 소개하면 다음과 같다.

오른쪽 귀에 하라고 말씀하시니 황송하게도 쇼세쓰인 님이 눈같이 하얀 손으로 나의 오른쪽 귀밑머리를 붙잡으시더니 잠시 머리 상태를 살펴보시고는 콧소리로 낮게 웃으셨다. 즈이운인 님이 곁에서 보시면서 겁먹은 거냐고 묻자 싱긋 웃으시더니 왜 겁을 먹겠느냐 하시더니, 그래도 이 죽은 얼굴을 보세요, 이 중놈이 살아 있는 느낌도 전혀 없이 이러고 있어요, 이렇게 신묘하게 수급 흉내를 내면서 아무것도 모르는 듯 이러고 있는 모습이 웃겨요, 하시며 오른손으로 칼을 고쳐 잡으시고는 그대로 푹 하고 찔러 넣으시니, 피가 조금 흘러 안타깝게도 하얀 손을 더럽혔다. 나는 그래도 전혀 움직이는 기척 없이 죽은 듯 있었는데, 과연 참을성 많은 중이구나, 하시면서 웃으시더니 결국에는 흥이 깨지셨는지 그 뒤로는 별다른 거 없이 명찰을 달아 주시고, 부부께서는 서둘러 모기장 안으로 들어가시었다.

밤중까지 화목하게 말씀을 나누시니 두 분 사이가 좋아 보여 실로 경사스러웠다.

또 이르기를,

그 뒤로는 수급의 용건으로 부르시는 일이 없어 그 마룻바닥 구멍도 원래대로 수리되었다. 시간이 흘러 두 분 앞에 나서게 되었는데 쇼세쓰인 님이 부끄럽다는 듯 내 귀의 상처를 보시더니, 이 상처는 여자의 몸으로 술기운에 취해 벌인 것이니 용서하라고 말씀하시었다. 어찌나 황송한 말씀인지 그저 감사할 따름이었다. 원래부터 천한 신분의 몸으로 가령 목이 베이더라도 전혀 고통스러워해서는 안 되는 일인데, 목숨을 살려 주신 데에 비하면 이런 상처는 아무것도 아니며 손수 이렇게 해 주신 것은 평생의 명예로 생각하고 있습니다, 라고 감동의 눈물을 흘리며 목메어 울었다. 그 상처는 지금도 내 오른쪽 귀에 있는데, 귀하신 몸의 위안거리가 된 흔적이라고 생각하면 실로 이 귀가 내 것이면서도 내 것이 아닌 양 생각되었다.

라고,

아아, 자애롭고 정숙하며 덕망으로 이름 높던 쇼세쓰인 같은 부인조차 때로는 이런 과오를 범하는 것일까. 만약 그것이 사실이라면, 이 여인의 삼십여 년에 걸친 순결무구한 생애에 유일한 오점을 남기는 일로, 우리들은 쉽게 그 일을 믿을 수 없고 또 믿고 싶지도 않다. 영주의 부인이 술에 취해 장난으로 살아 있는 사람의 귀에 칼로 구멍을 낸다는 것은, 잘못 들으면 완전히 그 사람의 덕을 손상시켜 아름다운 성격에 어두운 그림자를 드리우는 사건이다. 그러나 독자는 이때의 부인이 십오 세의 소녀였음을 생각해 주었으면 한다. 그뿐만 아니라 그녀가 그러한 잘못을 저지른 배경에는 남편이 오래전부터 주의 깊게 계획해 조금씩 부추긴 책략이 있었음을 간과해서는 안 된다.

가와치노스케는 아마도 도아미라는 우스운 중의 존재를 처음 알게 되었을 때부터 그 마음속에 하나의 생각을 떠올렸을 것이다. 그는 우선 냉담했던 태도를 바꾸어 쇼세쓰인에게 친밀하게 접근한 후 도아미를 끌어들여 그녀나 시녀들의 마음을 얻도록 했다. 하지만 그것들은 모두 '수급 단장 실습'이라는 목표에 이르기 위한 수단이었다고 여겨진다. 특히 도아미에게 온나쿠비를 흉내 내게 해 쇼세쓰인을 꼬드긴 뒤, 그 오른쪽 귀에 구멍을 뚫어 내고는 부부가 모기장 안에서 그것을 바라보며 정담을 나누었다는 밤의 장난이야말로 그가 처음부터 품었던 종극의 목적이었으리라. 즉, 그는 이런 식으로 오지카야마 성을 떠난 이래 늘 망상만 해 오던 광경을 실현한 것이다. 바꾸어 말하면, 도아미를 노리시게에 견주고 쇼세쓰인을 기쿄노카타에 견주어 첫사랑과 결별한 뒤의 번민의 정을 푼 것이었다.

그렇다 하더라도 쇼세쓰인이 잠시나마 도아미를 괴롭힌 데에 재미를 느껴 그녀에게 걸맞지 않은 끔찍한 장난을 탐닉한 점은, 꾀어내는 수단을 잘만 활용하면 어떤 부인이라도 잔인함을 즐길 수 있는 소질, — 야수성을 가지고 있음을 증명한다. 그렇지만 많은 여성, — 그중에서도 쇼세쓰인과 같은 고상한 품성의 부인에게는 결코 그 일이 지속되지 않는다. 그녀가 '부끄럽다는 듯' 죄를 뉘우쳤다고 하는 『도아미 이야기』의 기록은 어떻게 부인이 자신의 슬픈 과오를 회개했는지 말해 준다. 추측하건대 그녀는 남편의 음침한 저의를 분명히 알아채지 못했지만, 그의 행위에 뭔가 의심스러운 부분이 있다는 점을 느꼈고 직감적으로 자신조차 제대로 밝혀내지 못한 공포와 불안에 휩싸였으리라. 그리고 그것은, "밤중까지 화목하게 말씀을 나누시니 두 분 사이가 좋아 보여 실로 경사스러웠다."라고 하는 그날 밤의 경험이 가장 중대한 원인이었을 터다. 『밤에 보신 꿈』에서 묘카쿠니가 말하길, 쇼세쓰인은 결국 한 번도 무주공과 같이 잔 적이 없다고 하는데, 그것은 묘카쿠니의 억측으로, 실제로 그날 밤 모기장 밖에 있었다고 하는 도아미의 견문을 의심할 여지는 없다. 그러나 새 신부는 안 그래도 갑자기 남편을 꺼리게 되는 일이 있기 마련인데, 이런 장난은 과연 그녀에게 어떤 인상을 주었을까. 취해 있는 동안에야 남편과 함께 웃으며 즐겼겠지만 일단 정신을 차리고 난 뒤 쇼세쓰인은 악몽 같은 그날 밤의 기억을 두려워했을 것이다. 그리고 남편의 언행 뒤에 헤아릴 수 없는 '섬뜩한 것'이 있음을 어렴풋이 알게 된 게 틀림없다. 아마 가와치노스케는 그다음 날도 같은 놀이를 반복하려고 했을 테지만 "그 뒤로는 수급의 용건으로 부르시는 일이 없어 그 마룻바닥 구멍도 원래대로 수리되었다."라고 도아미가 말하고 있듯이, 모처럼의 그의 희망이 하룻밤에 파묻혀 버린 것은 그사이에 부부의 감정이 소원해진 결과로 보인다. 가와치노스케한테 아무리 향락을

원하는 마음이 간절했더라도 하늘에서 내린 아름다움을 간
직한 쇼세쓰인의 비탄과 회한을 눈앞에 두고, 다시 그녀를
모독할 용기는 나지 않았던 것이다.

무주공 비화 권 6

오지카야마 성의 몰락과 노리시게 생포

『쓰쿠마 군기』에 이르길, "그렇게 오리베노쇼 노리시게 공이 수년이 지난 후 병환을 이유로 업무를 가신들에게 맡기고 자신은 안채에 들어앉아 오직 기쿄노카타만을 총애하고 정무를 잊은 채 취장홍규(翠帳紅閨)의 즐거움에 날이 가는 줄 모르니, 이래서는 쓰쿠마 가문의 운명이 어찌 될 것인가, 하며 무사들부터 성 아래 평민에 이르기까지 눈살을 찌푸리며 마음이 편하지 않았는데, 에로쿠 2년 정월, 갑자기 아사누마(浅沼) 지방 히가키고보(檜垣御坊)의 승려들을 퇴치하라 명하시어 시다토 도미노카미(志太遠江守)가 삼천여 기를 이끌고 정벌에 나섰다. 이 사건의 유래를 따지자면, 지난 고지 3년 가을, 야쿠시지 가문의 가로인 바바 이즈미노카미 세키야마(馬場和泉守石山)가 혼간지(本願寺) 기세에 기대어 모시던 주군의 영지를 빼앗자 아와지노카미 마사히데(淡路守政秀) 공은 선조 대대로 물려받은 영지가 점점 축소되어 사카이(堺)에서 주고쿠(中国)까지 몰리더니 그 뒤로는 행방도 알 수 없었다. 그리하여 노리시게 공의 부인이신 기쿄노카타는 아와지노카미의 여동생으로서 깊이 탄식하며, 지난해에 저희 쓰쿠마 가문은 쇼군의 중재로 야쿠시지 가문과 연을 맺으며 물고기가 물을 만나 놀듯 화합할 것을 종이에 적어 맹세했는데, 지금 야쿠시지 가문의 멸망을 보면서 이즈미노카미의 불의와 불충을 그대로 내버려 두고 사돈의 복수를 하지 않는 것은 실로 무가의 치욕이라 생각하지만, 최근 노리시게 공의 상황으로는 도저히 힘에 부치니 말해 봤자 소용없는 남편을 가졌구나, 라며 우울해하시더니 어느 날 밤 남편의 자는 얼굴 위로 자신도 모르게 몇 방울의 눈물을 떨어트리셨다. 노리시게 공이 눈을 뜨시더니 수상히 여기시며 왜 우느냐 물으셨다. 부인께서는 처음에는 대답도 없이 고개를 숙이고 계셨지만 계속해서 물으시니 이윽고 얼굴을 드시고는, 소첩의 집안이 역신으로 멸망하여 누구 하나, 심지어 오빠까지도 행방을 알 수 없는데 지금 다시 이즈미노카미 때문에 저의 남편까지도 잃는 것이 아닐까, 하고 생각하니 슬퍼져서, 라며 흐느껴 울기만 하셨다. 노리시게 공은 놀라시며 자세한 내막을 물으니 부인께서 말씀하시기를, 바바 이즈미노카미가 히가키의 승려들에게 말해 이 집안을 공격하려고 계속해서 모략을 꾸미니 그 증거로 이것을 보십시오, 라며 품에서 한 통의 밀서를 꺼내셨다. 노리시게 공이 그 밀서를 펼쳐 보니 히가키의 승려들이 이즈미노카미에게 보내는 편지였으며, 동서로 쓰쿠마 가문의 영내를 공격해 들어가자는 계획을 적은 것임에 틀림없었다. 그런데 어떻게 이 밀서를 손에 넣었는가, 하고 물으시니, 야쿠시지 집안의 옛 가신인 모토바 신자부로(的場新三郎)라는 자가, 이 자는 부인 유모의 아들인데, 우연히 이 밀서를 얻어서 유모에게 전해 온 것이라고 말씀드렸다. 노리시게 공은 꺼림칙한 일이라 생각하시어 재빨리 노신들을 소환해 이 일을 어떻게 할 것인지를 논의하였는데, 노신들이 말하길, 원래부터 히가키의 승려들은, 특히나 우리 가문에 호의를 가진 이들로 선대 이래 둘도 없는 충의를 보인 자들입니다, 그런데 역신 이즈미노카미에 가담해 우리 가문에 활을 겨눈다는 것은 도저히 상상할 수 없으니 이 밀서를 가벼이 믿지 마시고 아울러 정벌의 뜻은 깊이 생각하시고 행하셔야 합니다, 라고 말했다. 노리시게 공이 들으시더니 그대들은 나에게 부인의 말을 의심하라는 것인가, 하고 말씀하시며 기분이 나쁘신 듯 안채로 들어가시었는데, 이후로도 부인께서는 계속해서 탄식하시며, 가령 이 밀서에 수상한 점이 있다 하더라도 일향종(一向宗) 무리들이 이즈미노카미에게 힘을 빌려주어 오빠인 아와지노카미를 쫓아낸 것은 사실이니, 그렇다면 히가키의 승려들도 분명 적일 터, 빨리 주살하여 주소서, 라며 매일 밤 채근하였다. 이러하니 어쩔 것인가. 이 일이 어느새 히가키 쪽으로 흘러 들어가자 승려들도 의외의 생각을 했는데, 우리들이 오랜 기간 쓰쿠마 가문을 조금의 역심도 품지 않고 섬겼는데 이제 와서 아무런 이유 없이 공격해 온다면 이대로 앉아서 멸망당하기보다는 이쪽에서 공격해 들어가 용맹함을 보여 주는 편이 좋겠다고 생각하여 그해 겨울 즈음부터 은밀히 사람을 불러 모았다."라고 한다.

추측하건대 오지카야마 성 몰락의 단서가 일향종과의

싸움에서 시작된 것은 정사가 쓰고 있는 바와 같을 터다. 그러나 기쿄노카타를 꼬드겨 노리시게를 설득하고 마침내 히가키의 신도들과 일을 꾸민 흑막이 무주공이라는 사실은 어느 정도 상상이 된다. 다몬야마 성에서는 그보다 조금 앞서, 에로쿠 원년 10월에 무사시노카미 데루쿠니가 죽어 가와치노스케가 아버지의 뒤를 이어 무사시노카미 데루카쓰로 이름을 정하고, 이제는 그 용솟음치는 야심에 아무도 제약을 가할 사람이 없으니 자유롭게 계획을 꾸밀 수 있게 되었다. 그의 첫 번째 목표는 말할 것도 없이 오지카야마에 사는, 정세에 어둡고 아둔한 군주 — 수수방관하고 멸망을 기다리기만 하는 코와 귀가 없는 쓰쿠마 노리시게였다. 영토 정복욕에 불타올라 호시탐탐 사면의 형세를 엿보고 있는데, 그가 앞에 있다는 건 너무나 멋진 먹잇감이었다. 어차피 버려두면 누구든 손을 뻗을 것이기 때문에 그 정도라면 다른 나라보다 한발 앞서 잇칸사이 이래의 영지를 내 소유로 하자는 생각에는 아무런 주저함이 없었다. — 하지만 무주공을 움직인 것은 아마 이런 패기만은 아니었으리라. 그의 가슴속에는 무장으로서의 야심 같은 것과는 매우 인연이 먼, 달콤하고 부드러운 연정이 숨어 있었을 것이다. 거기에는 그와 쇼세쓰인의 신혼 생활이 채 이삼 개월 지나기도 전에 이미 파탄하기 시작했음을 계산에 넣어야 한다. 그가 열다섯 살짜리 신부를 자신이 좋아하는 인형처럼 만들고자 했던 시도는 그 무렵 이미 실패로 돌아갔기에 그의 마음은 다시 오지카야마의 연인에게 한층 애틋하게 이끌려 갔다. 그리고 그의 연정을 충족시키기 위해서는 오지카야마 성을 함락시켜 쓰쿠마 가문의 본거지를 장악하는 동시에 노리시게 소유의 모든 것을 ── 그 부인을 포함해 ── 완전히 빼앗는 것보다 더 좋은 일은 없었다. 그러니 여기서 그의 정복욕과 성욕이 잘 일치한 셈인데, 영웅의 심사를 함부로 헤아릴 수는 없다 해도, 아마도 이런 경우라면 후자가 훨씬 더 강하게 그의 행동을 부추겼을지도 모른다.

그런데 기쿄노카타가 남편 노리시게에게 보여 줬다는 문서, 히가키의 승려가 이즈미노카미에게 보낸 밀서의 진위에 대해서는 어디에도 명기되어 있지 않지만 향후 사정으로 보아 가짜였음은 의심할 필요도 없다. 아마도 앞의 인용문에 보이는 마토바 신자부로는 그 마토바 즈쇼 및 마토바 다이스케의 동생일 테니, 기쿄노카타와 무주공이 미리 짜고 이 남자에게 위조문서를 부탁해 오지카야마와 히가키 사이를 이간한 것이다. 이리하여 앞서 기록한 에로쿠 2년 기미년 정월, 노리시게의 명을 받아 시다토 도미노카미의 군세가 아사누마로 출발했다. 히가키의 승려들은 여러 곳의 백성을 부추겨 군대가 가는 곳마다 폭동을 일으키게 하면서 쓰쿠마 영토와 히가키 영토의 경계에 있는 아사데가와(朝出川) 근처에서 적을 맞아 맹렬히 싸웠다. 쓰쿠마 쪽은 적의 두 배에 달하는 군세였음에도 불구하고 산산이 박살 나서 오지카야마 성으로 도망갔다. 성안에서는 그 후 다시 군세를 보냈지만 그것도 패전으로 끝나고 승승장구한 히가키 승려들은 점점 더 맹위를 떨쳐 영내를 휩쓸었다. 그리고 불과 한 달 남짓한 사이에 주변의 여러 성을 공격해 무너뜨리는 형국이었다. 일향종 사람들은 자신들의 생존이 위협받아 일어섰기 때문에 원래는 수동적인 입장이었지만, 싸움을 해 보니 의외로 적이 약해 점점 우쭐해졌다. 이것은 그들이 얕볼 수 없는 무력과 실력을 가지고 있었기 때문이기도 하지만, 가장 먼저 쓰쿠마 가문이 예전의 권세를 잃었고, 나라 정치 또한 어지러워 무사들의 사기가 쇠퇴했기 때문이다. 잇칸사이의 시대였다면 승려들이 날뛴 정도로 이러한 사태는 일어나지 않았을 터다. 오지카야마 성의 노신들은 이런 형세를 보고 새삼 당황했다. 한시바삐 승려들을 퇴치하지 않으면 이윽고 영내는 벌집을 쑤신 것처럼 되리라. 그들의 기세가 몹시 창궐함에 따라 지난해 모반을 기획한 적 있는 쓰키가타 성의 요코와부젠노카미 역시 그들과 한패가 되어 움직이려는 모습이 뚜렷해졌다. 그 와중에 이즈미노카미도 달려올 것이다. 그래서 이것만큼은 아무래도 철저히 토벌해야겠다고 생각해서 노신 중의 우두머리, 쓰쿠마 가문의 쇼겐(将監)[43]인 하루히사(春久)에게 1만 수천의 대병을 주고, 아사누마, 구류(栗生), 시바라(椎原), 세 곳에 군집한 폭도들을 진압하면서 세 방향에서 그들의 근거지를 공격했다. 히가키 무리들은 그때 점차적으로 병력을 증대하였으나 쓰쿠마 쪽과 비교하면 3분의 1 정도의 소수였기 때문에 이렇게 되면 아무래도 점점 궁지에 몰려 아사누마 지방의 요새로 물러나 성채를 높이고 참호를 깊게 파서 방어하는 수밖에는 없었다. 이런 지구전이 3월부터 4월에 걸쳐 한 달 반 정도 이어졌는데, 히가키 무리는 5월에 이르러 다몬야마의 성주

43 근위부의 제3등관에 해당하는 직위로, 판관(判官)이라고도 한다.

무주공에게 공공연히 원병을 요청하였다.

히가키 승려들이 농성하는 아사누마는 쓰쿠마 가문의 영토와 무주공의 영토 중간에 있었는데, 쓰쿠마 가문은 서쪽, 무주공은 동쪽에 있었다. 처음 쇼겐이 출발하였을 때 다몬야마에 사자를 보내 적의 배후를 공격하라는 명령을 전달했지만 무주공은 이를 보기 좋게 거절했다. 공의 답신은 "우리 집안은 아버지 데루쿠니 이래로 쓰쿠마 가문의 은혜를 받고 있기 때문에, 물론 지금 같은 경우라면 분골을 다하는 것이 당연하나, 안타깝게도 증조부 대부터 일향종에 귀의하여 굳이 어느 한쪽의 손을 들어 주라 하시면 오히려 히가키 편에 서야 한다. 하지만 그것은 처음부터 제가 원하던 것이 아니므로 부디 양쪽 모두에게 의리를 지킬 수 있도록 중립에 서고자 한다."라고 했지만, 분명 그런 말은 구실에 불과했을 것이다. 오지카야마에서는 밀서의 건이 있어 이즈미노카미를 신경 쓰며 히가키의 소동도 이즈미노카미가 조종하고 있으리라 의심하고 있었지만, 이즈미노카미는 반란에 관련한 흔적이 없었기 때문에 그 실체가 의심스러운 쪽은 무주공이었다. 공이 중립이라고 말하는 것도 매우 수상했고 뒤에서 히가키를 지원하고 있는 게 틀림없었다. 공은 히가키로부터 원병을 요구받아도 처음 한두 번은 둘 사이에 끼어 꼼짝도 못하노라고 고충을 호소하며 완곡하게 거부했지만, 그 후에도 빈번히 구원의 사자가 오기에 이르자 마침내 가면을 벗어던지고 일향종에 가담하는 태도를 분명히 했다. "나는 오늘까지 잇칸사이의 은혜를 생각해 히가키의 구원 요청을 물리쳐 왔지만, 오늘날 쓰쿠마 가문의 무위무능에는 정나미가 떨어졌다. 불과 수천의 적을 토벌하는 데에 서너 배에 달하는 병력을 소비하면서 이미 반년이 지나도록 목적을 달성하지 못한 것은 무엇인가. 오지카야마 성의 군신들은 무슨 면목이 있어 지하의 잇칸사이를 볼 것인가. 내가 보기에 그들은 곧 나라를 잃고 가문을 멸하기에 이를 것이다. 나는 도저히 이 상태를 묵시할 수 없기 때문에 히가키에 가세해 악정과 내란에 괴로워하는 백성들을 구해 주려고 결심했다. 선대의 은혜는 이루 말할 수 없지만 그들과 같이 정세에 어둡고 어리석은 군신을 배신하는 데 아무런 거리낌도 없다." ── 공은 마침 그때 노리시게의 서한을 가지고 온 쓰쿠마 가문의 사신을 접견하며 이렇게 선언했다. 그리고 "너는 돌아가서 이 뜻을 노리시게에게 알려라."라고 말하며 서둘러 그를 돌려보냈다.

이때 무주공은 스물셋이었다. 공은 지금까지도 몇 차례 실전 경험이 있었지만, 일국일성의 영주로서, 영내의 정예병을 지닌 군세의 총대장으로서 스스로 말을 진두로 내몬 것은 이번이 처음이었다. 게다가 이번 출진은 이삼 년 동안 몰래 꾸민 비책이 적중하여 예상했던 소란을 낳아 전쟁 기운이 무르익은바, 공명과 영달이 손에 잡힐 듯하고 권력과 사랑이 눈앞에 기다리고 있었기에 공은 득의만만했다. 공은 6월 중순에 팔천여 기를 거느리고 다몬야마를 출발해 곧바로 아사누마로 들어가 히가키 세력과 합류했지만, 그게 아니어도 공격하던 쓰쿠마 군대는 거의 싸우지 않고 진만 치고 있었기 때문에 순식간에 구류와 시바라 두 곳을 회복했다. 공과 히가키 세력의 연합군은 적을 쫓아 전진을 계속했는데 가는 길의 성주들은 대세에 호응해 휘하로 들어오는 경우가 많았으며 쓰키가타 성 또한 거기에 호응해 쓰쿠바 가문에 반기를 들고 활발히 인근을 공격했다. 그러나 이러한 전투 상황은 『쓰쿠마 군기』에서 보기로 하고 여기서는 말하지 않겠다. 이렇게 연합군은 동쪽에서, 요코와부젠의 병사는 남쪽에서 서로 연락을 유지하며 쓰쿠마 가문의 영토를 좁혀 나가, 이윽고 하나로 모인 양쪽 군세가 오지카야마 성을 포위했다. 때는 에로쿠 2년 8월 — 일찍이 야쿠시지 단단죠 마사타카가 이 성을 에워싼 덴분 18년에서 꼭 십 년 후였다.

야쿠시지 때의 군사는 2만이었는데 이번에도 무주공, 히가키, 요코와의 세 병력이 합세하여 거의 비슷한 규모였다. 거기에 대항하는 성 쪽의 군사는 처음에는 칠팔천 정도였는데 점점 낙오자가 발생하여 결국은 삼천에도 미치지 못하는 미미한 상태였다. 그래서 잇칸사이 때는 이 개월에 걸쳐 성을 지켜 내고, 마침내 함락을 모면하는 것이 가능했지만 이번에는 8월 15일부터 공격이 시작돼 21일에는 세 번째 성벽이, 25일에는 두 번째 성벽이 뚫리고 27일에 이르러서는 결국 본성도 함락되었다. 그 기간이 불과 십일 일에 지나지 않았다. 『쓰쿠마 군기』의 기록에 따르면, 노리시게는 이 농성 기간 중에도 변함없이 안채에 은거하며 사람 앞에 모습을 드러내지 않았고 전투 지휘는 노신들이 맡아서 했는데, 22일 밤에 결국 성의 운명이 얼마 남지 않았다는 사실을 깨닫고는 여덟 살 되는 아들과 여섯 살인 딸을 유모에게 맡겨 몰래 도망가도록 했다. 그리고 27일 미시 즈

음[44], 적이 본성에 침입했다는 보고가 있자 차분히 부인과 술잔을 기울이고는 난세를 와카로 읊은 뒤, 안채에 불을 질렀다. 우선 사랑하는 부인을 찔러 죽이고 이어서 자신도 자결했다고 한다. 하지만 『밤에 보신 꿈』이나 『도아미 이야기』 쪽을 믿는다면 이 기록은 거짓이다. 무엇보다 노리시게가 자결했다고 하지만 할복했을 때 옆에서 목을 쳐 준 사람이 누구인지, 그 이름조차 알려지지 않았으며 부부의 수급이나 시체에 대해서도 불탄 흔적을 빠짐없이 뒤져 보았지만 한 줌의 재가 되었다고 여길 만한 어떤 증거도 전혀 나오지 않았다고 적혀 있다. 혼노지의 변(本能寺の変)[45] 때도 노부나가의 수급이 어떤 것인지 알 수 없어서 미쓰히데가 굉장히 힘들어했다는 이야기가 있으니, 그것도 그럴 만하지만, 그럼 마지막 순간에 지은 와카가 그럴싸하게 적혀 있는 것은 대체 누가 전하였다는 말인가. 노리시게는 얼굴을 보이기 싫어해서 부인 외의 사람을 좀처럼 가까이하지 않았다. 게다가 시녀들까지 모두 불길에 휩싸여 죽었는데 와카가 기록에 남아 있는 점은 이상하다. 만년에 노리시게는 와카에 미쳐 있었으니 아무래도 마지막에 와카 한 수 정도는 있어야 한다고, 누군가가 나중에 위조한 것이라 의심해도 무리가 아니다. 어쨌든 『쓰쿠마 군기』의 작자는 쓰쿠마 가문의 남은 신하일 테니, 가령 속사정을 알더라도 주군의 불명예

---

44 오전 9시부터 11시 사이.

45 전국 시대에 가장 큰 세력을 떨쳤던 오다 노부나가가 수하인 아케치 미쓰히데의 모반으로 혼노지에서 죽임을 당한 사건이다. 오다 노부나가가 죽은 뒤 아케치 미쓰히데를 토벌한 도요토미 히데요시가 가장 큰 세력으로 떠올랐다.

가 될 만한 것은 쓰지 않았을 터다.

정사의 기록은 정사의 기록으로 두고, 『도아미 이야기』에서 하는 말을 소개하면, 8월 27일 아침, 본성의 문을 부수고 들어간 무주공은 안채에 불길이 치솟는 것을 보자, 자신을 죽이려고 달려드는 잡졸들을 물리치고는 급히 당황하며 왕년에 다니던 사랑의 통로 ─ 예의 돌 낭떠러지 아래로 달려갔다. 공은 그 구멍 앞에서 갑주를 벗어 던지고 가벼운 몸으로 갱도를 따라 소용돌이치는 연기에 숨이 막히면서 복도를 지나 노리시게 부부가 있는 방으로 달려 들어갔다. 그리고,

"실례."

하고 말하며 미닫이문을 걷어찬 뒤, 지금 당장이라도 부인의 가슴을 찌르려고 하는 노리시게의 팔을 간신히 붙잡았다.

"놓아라! 에잇, 놓지 못 할까!"

갑자기 습격을 받은 노리시게는 연기 속에서 돌연 나타난 이상한 남자가 누구인지 알아챌 여유도 없이 필사적으로 발버둥 치기만 했는데,

"주군! 성급한 생각이십니다!"

하고, 공은 흥분한 그의 귓전에 두세 차례 큰 소리로 외치며 부인의 옷깃을 잡은 그의 왼손을 흔들어 풀고는 부인을 감싸 안듯이 부부 사이로 몸을 끼워 넣었다.

"아, 노는 헤루카쓰 ─ "

라고, 그때 처음으로 노리시게가 놀라며 소리 질렀다. 하지만 곧바로 그는 순간적으로 얼굴 한가운데를 두들겨 맞은

것처럼 눈을 동그랗게 뜨고는 너무나 민망한 듯 공중을 올려다보았다. 공은 그 틈에 노리시게의 손에서 칼을 빼앗고는 빠르게,

"네."

하며 가능한 얼굴을 보지 않으면서 다다미 두세 장 아래로 내려와 거기에 이마를 대며 머리를 조아렸다.

노리시게에게는 지금 여기 있는 데루카쓰야말로 아버지 잇칸사이의 은혜를 외면하고 자신을 이와 같은 궁지에 빠뜨린 혐오스러운 적이었다. 그러나 그 적이 여기 불쑥 나타날 줄은 예기치 못했던 일이라, 그와 시선을 마주치는 순간의 느낌은 '밉다.'라기보다 '아, 얼굴을 보였다.'라고 하는 극도의 나쁜 습관부터 먼저 떠올랐다. 사실을 말하자면 공은 왕년에 부인의 방을 드나들면서 밤마다 주변에서 이 신기한 얼굴을 엿보았기 때문에 오늘이 처음은 아니었지만, 본인은 그 사실을 알 리 없으니 코가 없어진 이래 숨기고 감춰 온 모습을, 지금 자결하려는 순간에 운 나쁘게도 적에게 보인 것이다. 그렇게 생각하니 평소에 조심하던 것이 모두 물거품이 되었다는 원망과 분함 탓에 완전한 우울에 빠져 버렸다. 그는 무엇보다 가문의 명예를 더럽히는 것이 두려웠다. 어차피 자신은 선대의 위업을 망친 형편없는 자식이기에, 어떤 평가를 받든지 각오는 하고 있었지만 자신의 부주의로 여기서 죽는다면 분명 자기 목은 데루카쓰의 손에 들어갈 것이다. 그리고 그것이 사람들의 눈에 노출되어, 불쌍하게도 노리시게는 이런 꼴로 살았구나, 하고 여겨진다면, 자신의 치욕은 감추더라도 조상 대대로 지켜 온 명예

에 상처가 나는 일만은 어떻게 막아 낼 도리가 없었다. 그렇게 생각하니 그로서는 어찌해야 할지 알 길이 없었다. 살 수도 없지만 그렇다고 이렇게 죽어도 상황이 좋지 않다. 부인을 죽이고 추한 모습이 남지 않도록 불 속으로 뛰어들어 타죽으려 했지만, 수급을 빼앗겨서는 저세상에 가더라도 아버지를 볼 면목이 없다. 쉽게 짜증을 내는 아버지니, "얼빠진 놈! 코와 귀를 주워 와!"라고 고함을 지를지도 모른다.

"헤, 헤, 헤루카쓰!"

공은 한 번 더

"네"

하며 한층 더 낮게 고개를 숙였다.

"므, 므사의 더리로 그 가르 도리즈게. 나이 모글 즈니가 베오소는 아 대!"

다급한 상황이라 당황해서인지 노리시게가 하는 말은 점점 더 알아듣기 힘들었는데,

"무, 무사의 도리로 그 칼을 돌려주게. 나의 목을 자네가 베어서는 안 돼!"

라고, 아마 그렇게 말하였으리라 거기까지는 짐작이 가서,

"아닙니다, 무사의 도리를 알기 때문에 그만두시라는 것입니다."

라고, 공은 상냥하게 옛 주군에 대한 예절을 잃지 않고 말했다.

"─ 송구하지만 이제 곧 병사들이 여기로 쳐들어올 것입니다. 여기서 할복을 하신다면 제가 못 본 척한다 해도 분명 수급을 가지고 가는 사람이 생깁니다. 그렇게 되면 어찌

후세에 남을 이 치욕을 ― ”

　“헤, 헤, 헤루카쓰!”

　“네.”

　“마지마 브타기야! 모리루 베오 즈게!……내 수구베 코가 어는 거스 느그에게도 보이지 마고 므더 저!……”

　“네? 뭐라고 말씀하시는 겁니까?……”

　공이 답변하기 곤란해하자 노리시게는 더욱더,

　“마지마 브타, ……마지마 브타……”

이라고 초조해하면서 반복해,

　“코가 어는 거스…… 코가 어는 거스……”

하며 자신의 목을 내밀어 손으로 베는 시늉을 했다. 그래서 겨우 “마지막 부탁이야! 머리를 베어 주게! 내 수급에 코가 없는 것을 누구에게도 보이지 말고 묻어 줘!”라고 말하는 듯하다고 집작할 수 있었지만, 이때 불은 이미 거세져 사람 근처까지 번져 왔고, 바람에 신음하며 굉장한 불꽃을 만들어 냈다. 실로 이때 기쿄노카타도, 노리시게도, 무주공도 불가사의한 악연으로 얽힌 채 업화의 소용돌이에 휩쓸려 버렸다면 셋이라서 오히려 행복했을지도 모른다. 적어도 노리시게는 그것을 소망하였고, 아마 기쿄노카타도 여기서 같이 불타 죽는다면 양쪽에 도리를 다하는 것이라고 생각했으리라. 그녀는 완전히 복수를 했고 아버지의 원한도 충분히 풀었다. 지금 이 코 없는 언청이에다 한쪽 귀도 없는 남편을 데리고 저세상에 가면 그것이 아버지에게는 무엇보다 훌륭한 선물이다. 살아서 이 세상에 죄를 짓고 불의의 오명을 퍼뜨리는 것보다 그쪽이 낫겠다고 생각했다. ……하지만 무주공만은 불길에도 지지 않는 의지와 열혈의 소유자다. 공은 이미 사태를 예상하고 성안을 잘 아는 아오키 슈젠에게 한 부대를 맡겨서 가능한 빨리 안채로 달려갈 것을 명령해 두었는데 그들이 마침 매서운 불길을 헤쳐 내고 좋은 때에 도우러 왔다. 동시에 공이 잠입한 지하도 쪽에서도 대여섯 명의 시종들이 공의 흔적을 따라 한 무더기로 들어왔다.

"주군! 무엇이든 저에게 맡기십시오."

공이 그렇게 말하고 일어서자, 그것을 신호로 슈젠의 병사들이 소리 없이 노리시게의 좌우로 다가왔다. 그리고 우스꽝스러우면서도 비참한 이 주인공의 팔을 억누르고 다리를 잡아 정원에서 뒷산으로 통하는 샛길로 옮겨 갔다.

기쿄노카타도 이때 함께 구출되었음은 말할 필요도 없다. 그러나 그 진상을 아는 사람은 당시 안채로 달려간 소수의 병력뿐이고, 히가키의 승려도, 요코와부젠도, 또 무주공휘하의 다른 사람들도 노리시게 부부는 타 죽었다고 믿었다. 『도아미 이야기』가 전하는 바에 따르면, 그 후 노리시게와 부인은 은밀히 다몬야마 성안으로 옮겨져 세 번째 계곡 안쪽, 새로 만든 건물에 갇혀 있었다. 성안 사람들은 그곳을 '세 번째 계곡의 안채'라고 불렀지만, 아무도 안채의 주인이 누구인지 아는 사람은 없었고, 공이 밤늦은 시각에 때때로 그곳을 드나든다는 사실도 도아미와 소수의 측근들만 알았다고 한다. 노리시게가 부끄럽게도 잡힌 몸이 되어 치욕을 당하면서 적의 성안에서 우울한 세월을 보냈던 것에 대해서는 꽤나 한심하다고 생각하지만, 밤낮으로 감시가 삼엄

한 데다 자살 수단을 빼앗겨 버렸기 때문에 할복을 하려 해도 기회가 없었고, 거기다 또 죽은 뒤의 수급을 다른 사람에게 보여 주지 않을 방법이 없어서 어쩔 수 없이 또 수년 간 여생을 보내고 있었다. 하지만 불행한 노리시게의 생애를 통틀어 이 '세 번째 계곡의 안채'에서 살아온 만년 세월이 가정적으로는 가장 풍족했을지도 모른다. 왜냐하면 그는 더 이상 격에 맞지 않는 정치나 군사(軍事)에 머리를 쓸 필요가 없었고, 적의 깊은 배려를 받아 의식주에는 조금도 불편함이 없었으며, 특히 오지카야마 성이 함락되는 사이에 도주시킨 일남 일녀 중, 남자 쪽은 발견되어 남몰래 살해당한 것 같지만, "오우라 님"이라고 알려진 공주님은 결국 이 안채로 끌려와서 부모와 딸, 세 사람이 한적하게 서로를 위로하면서 조용한 은거를 즐기는 것이 가능했기 때문이다. 아니, 그뿐 아니라 오지카야마 성의 함락을 계기로 기쿄노카타의 심경에도 저절로 변화가 일어났다. 그녀는 일찍이 남편의 파멸을 향락하던 잔인성을 버리고 그 본연의 여성다운 성품으로 돌아가, 앞서 자신이 해친 추악한 남편의 용모에 진심으로 동정과 연민을 쏟으면서 정숙한 아내로, 또 자애로운 어머니로 전반생의 과오와 죄악을 보상하려고 노력했기 때문에, 노리시게는 여기서 처음으로 완전한 부부의 사랑을 확인하고 아직껏 경험해 보지 못한 감격에 겨운 생활을 하게 되었다. 하지만 기쿄노카타의 심경이 그렇게 변했다는 것은, 어찌 되었든 무주공의 공상이 환멸로 끝났음을 의미한다. 공명과 사랑을 좇아 쓰쿠마 가문을 공격해 멸망시킨 무주공은 누구의 방해도 없이 그녀를 만날 수 있는 시기가 되자 성안으로 데리고 온 연인의 태도가 예전 같지 않음을 보고는 꽤나 실망했을 것이다. 기쿄노카타로서는 아버지의 원한을 갚은 이상 남편을 원망할 어떠한 이유도 없고, 오히려 지금은 자신이 저지른 무서운 죄업에 전율하고 있을 테니, 다시금 무주공과 엇나간 사랑을 계속할 기력이 사라져 버렸음은 지극히 당연한 일이다. 일설에 따르면, 기쿄노카타가 갑자기 공을 소홀히 대하게 된 까닭은, 공이 처음 약속과 달리 노리시게의 아들을 살해한 것이 원인이라고 한다. 그녀가 공에게 의지한 이유는 두 명의 아이를, ─특히 남자아이를 훌륭한 무사로 키워 내서 쓰쿠마 가문의 혈통이 끊기지 않도록 하는 것이 하나의 목적이었음을 생각하면 그것도 일리 있는 말이다. 이렇게 무주공과 기쿄노카타의 부정한 관계는 '세 번째 계곡의 안채'로 거처가 옮겨진 뒤 완전히 끊겨 버렸다. 그리고 그 이후로 공이 사십삼 년의 생애를 마칠 때까지 차례로 새로운 이성을 추구하며 기이한 자극과 추악한 장난에 탐닉해 간 이야기는, 하나하나 언급하자면 얘기가 너무 길어질 뿐 아니라, 공의 명예와 덕을 훼손하는 바가 크기 때문에 우선 이 정도의 폭로로 마무리하는 것이 현명할 듯하다. 그러나 다만 공의 성생활의 일면에 이런 비밀이 있었다는 점을 염두에 두면서 이후에 『쓰쿠마 군기』나 그 외의 정사를 펼쳐 본다면 분명 의외의 발견을 하게 되는 부분이 많을 터다. 이 책을 저술한 작자의 미의(微意)는 실로 거기에 있다.

연보

1886년(1세)   도쿄 시에서 아버지 구라고로(倉吾郎), 어머니 세키 (関)의 차남으로 출생한다.

1892년(7세)   사카모토 소학교(阪本小學校)에 입학하지만 학교에 가기를 싫어해서 2학기에 변칙 입학한다.

1897년(12세) 2월 사카모토 심상 고등소학교 심상과(尋常科) 4학년 을 졸업하고, 4월 사카모토 소학교 고등과로 진급한다.

1901년(16세) 3월 사카모토 소학교를 졸업하고, 4월 부립 제일 중학교(府立第一中學校)에 입학(현재는 히비야 고 등학교)한다.

1905년(20세) 3월 부립 제일 중학교를 졸업하고, 9월 제일 고등 학교 영법과 문과(英法科文科)에 입학한다.

1908년(23세) 7월 제일 고등학교 졸업하고, 9월 도쿄 제국 대학 국문학과에 입학한다.

1910년(25세) 4월《미타 문학(三田文学)》을 창간하고, 반자연주의 문학의 기운이 고조되는 가운데 오사나이 가오루

(小山内薫) 등과 2차 《신사조(新思潮)》를 창간한다. 대표작 「문신(刺青)」, 「기린(麒麟)」을 발표한다.

1911년(26세)   「소년(少年)」, 「호칸(幇間)」을 발표하지만 《신사조》 는 폐간되고 수업료 체납으로 퇴학당한다. 작품이 나가이 가후(永井荷風)에게 격찬받으며 문단에서 지위를 확립한다.

1915년(30세)   5월 이시카와 지요(石川千代)와 결혼하고, 「오쓰 야 살해(お艷殺し)」, 희곡 「호조지 이야기(法成寺物 語)」, 「오사이와 미노스케(おオと巳之介)」 등을 발 표한다.

1916년(31세)   3월 장녀 아유코(鮎子) 출생, 「신동(神童)」을 발표 한다.

1917년(32세)   5월 어머니가 병사하고, 아내와 딸을 본가에 맡긴 다. 「인어의 탄식(人魚の嘆き)」, 「마술사(魔術師)」, 「기혼자와 이혼자(既婚者と離婚者)」, 「시인의 이 별(詩人のわかれ)」, 「이단자의 슬픔(異端者の悲し み)」 등을 발표한다.

1918년(33세)   조선, 만주, 중국을 여행하고 「작은 왕국(小さな王 国)」을 발표한다.

1919년(34세)   2월 아버지 병사하고 오다와라(小田原)로 이사하여 「어머니를 그리는 글(母を戀ふる記)」, 「소주 기행 (蘇州紀行)」, 「친화이의 밤(秦淮の夜)」을 발표한다.

1920년(35세)   다이쇼가쓰에이(大正活映) 주식회사 각본 고문부에 취임하여, 「길 위에서(途上)」를 《개조(改造)》에 발 표하고, 「교인(鮫人)」을 《중앙공론(中央公論)》에 격

월로 연재하기 시작했다. 대화체 소설「검열관(檢閱官)」을《다이쇼 일일 신문(大正日日新聞)》에 연재하였다.

1921년(36세) 3월 오다와라 사건(아내 지요를 사토 하루오에게 양보하겠다는 말을 바꾸어 사토와 절교한 사건)을 일으킨다.「십오야 이야기(十五夜物語)」를 제국 극장, 유라쿠자(有楽座)에서 상연한다.「불행한 어머니의 이야기(不幸な母の話)」,「나(私)」,「A와 B의 이야기(AとBの話)」,「노산 일기(盧山日記)」,「태어난 집(生れた家)」,「어떤 조서의 일절(或る調書の一節)」등을 발표한다.

1922년(37세) 희곡「오쿠니와 고헤이(お國と五平)」를《신소설(新小説)》에 발표, 다음 달 제국 극장에서 연출한다.

1923년(38세) 9월 간토 대지진(關東大震災)이 발발하여, 10월 가족 모두 교토로 이사하고, 12월 효고 현으로 이사한다. 희곡「사랑 없는 사람들(愛なき人々)」를《개조》에 발표한다.「아베 마리아(アヹ・マリア)」,「고깃덩어리(肉塊)」,「항구의 사람들(港の人々)」을 발표한다.

1924년(39세) 카페 종업원 나오미를 자신의 아내로 삼고자 집착하다가 차츰 파멸해 가는 인물의 이야기를 그린 탐미주의의 대표작『치인의 사랑(癡人の愛)』을《오사카 아사히 신문(大阪朝日新聞)》,《여성(女性)》에 발표한다.

1926년(41세) 1~2월 상하이를 여행하고,「상하이 견문록(上海見

聞錄)」,「상하이 교유기(上海交游記)」를 발표한다.

1927년(42세) 금융 공황. 수필 「요설록(饒舌錄)」을 연재하여, 아
쿠타가와 류노스케(芥川龍之介)와 '소설의 줄거리
(小說の筋)' 논쟁을 일으킨 직후, 아쿠타가와 류노
스케가 자살한다. 「일본의 클리폰 사건(日本におけ
るクリツプン事件)」을 발표한다.

1928년(43세) 소노코에 의한 성명 미상 '선생'에 대한 고백록 형
식의 『만(卍)』을 발표한다.

1929년(44세) 세계 대공황. 아내 지요를 작가 와다 로쿠로에게 양
보한다는 이야기가 나돌고, 그 사건을 바탕으로 애
정 식은 부부의 이야기를 다룬 『여뀌 먹는 벌레(蓼
食ふ蟲)』를 연재하지만, 사토 하루오의 반대로 중단
된다.

1930년(45세) 지요 부인과 이혼하고, 「난국 이야기(亂菊物語)」를
발표한다.

1931년(46세) 1월 요시가와 도미코(吉川丁末子)와 약혼하고, 3월
지요의 호적을 정리한다. 4월 도미코와 결혼하고
고야산에 들어가 「요시노 구즈(吉野葛)」, 「장님 이
야기(盲目物語)」, 『무주공 비화(武州公秘話)』를 발
표한다.

1932년(47세) 12월 도미코 부인과 별거하며, 「청춘 이야기(靑春
物語)」, 「갈대 베기(蘆刈)」를 발표한다.

1933년(48세) 장님 샤미센 연주자 슌킨을 하인 사스케가 헌신적
으로 섬기는 이야기 속에 마조히즘을 초월한 본질
적 탐미주의를 그린 『슌킨 이야기(春琴抄)』를 발표

한다.

1934년(49세) 3월 네즈 마쓰코(根津松子)와 동거를 시작하고, 10월 도미코 부인과 정식으로 이혼한다. 「여름 국화(夏菊)」를 연재하지만, 모델이 된 네즈 가의 항의로 중단된다. 평론 『문장 독본(文章読本)』을 발표하여 베스트셀러가 된다.

1935년(50세) 1월 마쓰코 부인과 결혼하고, 『겐지 이야기(源氏物語)』 현대어 번역 작업에 착수한다.

1938년(53세) 한신 대수해(阪神大水害)가 발생한다. 이때의 모습이 훗날 『세설(細雪)』에 반영된다. 『겐지 이야기』를 탈고한다.

1939년(54세) 『준이치로가 옮긴 겐지 이야기』가 간행되지만, 황실 관련 부분은 삭제된다.

1941년(56세) 태평양 전쟁 발발.

1943년(58세) 부인 마쓰코와 그 네 자매의 생활을 그린 대작 『세설』을 《중앙공론》에 연재하기 시작하지만, 군부에 의해 연재 중지된다. 이후 숨어서 계속 집필한다.

1944년(59세) 『세설』 상권을 사가판(私家版)으로 발행하고, 가족 모두 아타미 별장으로 피란한다.

1945년(60세) 오카야마 현으로 피란.

1947년(62세) 『세설』 상권과 중권을 발표, 마이니치 출판 문화상(毎日出版文化賞)을 수상한다.

1948년(63세) 『세설』 하권 완성.

1949년(64세) 고령의 다이나곤(大納言) 후지와라노 구니쓰네가 아름다운 아내를 젊은 사다이진(左大臣) 후지와라

노 도키히라에게 빼앗기는 역사적 사실을 제재로 한『시게모토 소장의 어머니(少將滋幹の母)』를 발표한다.

1955년(70세) 『유년 시절(幼少時代)』을 발표한다.

1956년(71세) 초로의 부부가 자신들의 성생활을 일기에 기록하며 심리전을 펼치는『열쇠(鍵)』를 발표한다.

1959년(74세) 주인공 다다스가 어머니에 대한 근친상간적 소망을 다룬『꿈의 부교(夢の浮橋)』를 발표한다.

1961년(76세) 77세의 노인이 며느리를 탐닉하는 이야기를 다룬『미친 노인의 일기(瘋癲老人日記)』를 발표한다.

1962년(77세) 『부엌 태평기(台所太平記)』 발표.

1963년(78세) 「세쓰고안 야화(雪後庵夜話)」 발표.

1964년(79세) 「속 세쓰고안 야화」 발표.

1965년(80세) 교토에서 각종 수필을 발표. 7월 30일 신부전과 심부전이 동시에 발병하여 사망한다.

옮긴이
류정훈

고려대학교 일어일문과 졸업. 고려대학교 중일어문학과 석사 과정 졸업. 같은 대학원 박사 과정 수료 후 일본 쓰쿠바 대학교 (筑波大学校) 인문사회과학연구과(人文社会科学研究科)에서 「근대 일본의 괴담 연구(近代日本の怪談研究)」로 박사 학위(문학 박사) 취득. 고려대학교 민족문화연구원 선임 연구원, 고려대학교 CORE 사업단 연구 교수를 거쳐 현재 고려대학교 대학혁신지원사업단·융합문명연구원 연구 교수로 재직하고 있다. 현재, 근세부터 근현대에 이르는 일본 괴담의 계보를 추적하고 있으며, 식민지 조선에서 일본 괴담이 소비되는 과정에 대해서도 연구를 진행 중이다. 지은 책과 옮긴 책으로 『만주 사변과 식민지 조선의 전쟁 동원 2』(2016), 『쓰시마 일기』(2017), 『진짜 일본은 요괴 문화 속에 있다』(2018) 등이 있으며, 주요 논문으로 「累伝説の変容様相: 『古今犬著聞集』から『死霊解脱物語聞書』へ」, 「近代日本における金玉均怪談」 등이 있다.

무주공 비화   1판 1쇄 찍음 2020년 1월 10일
1판 1쇄 펴냄 2020년 1월 17일

지은이 다니자키 준이치로
옮긴이 류정훈
발행인 박근섭, 박상준
펴낸곳 (주)민음사

출판등록 1966. 5. 19. 제16-490호
서울시 강남구 도산대로 1길 62(신사동)
강남출판문화센터 5층 06027
대표전화 02-515-2000 팩시밀리 02-515-2007
www.minumsa.com

ISBN 978 89 374 2940 8 04800
ISBN 978 89 374 2900 2 (세트)